聯合文叢 280

第九味

◉徐國能／著

目次

contents

【推薦序】

CL憂鬱的滋味

——序徐國能散文集《第九味》

焦桐

國能：

承你看得起，囑咐爲《第九味》作序，滿心歡喜。

尊製收到很久了，雖然一直惦記著，卻不知在忙甚麼，遲遲沒有動筆，本來答應栗兒的交稿日期一再延宕，非常抱歉讓你等這麼久。

近來總覺得時間特別短促，事情瑣瑣碎碎又忽然增加了不少，鮮能靜下來用心思考。我始終記掛著這件事，暑假期間還帶著《第九味》出席新加坡的國際作家節，又帶著它飛馬來西亞，本來以爲可以在旅途中工作，終於又原封不動地帶著它返抵國門。

瞎忙的生活中斷續地閱讀大作，更加佩服你行文透露的從容不迫，一派優雅、敦厚，那氣定神閒的筆觸令我想起周作人、林語堂、梁實秋、董橋、木心……乃至電影作家小津安二郎等等我喜愛的文人，帶著幾分閒適感，和靜觀萬物的智慧。

你是我所見最善於探索、深於思考的青年作家之一。文字凝練，冷靜中透露著深情。特別是對舊事物的情感。第一輯即籠罩著濃郁的懷舊氛圍，諸如永康街的石榴樹、棒球夢、老歌、小店……，

永康街是你「最心愛的一條街道」，我有同感，那是臺北最令人想親近的一條街。最近我甚至想要搬遷，遂積極在永康街一帶物色房屋，我希望每天打開家門，立刻就能看得見美食。

你的教書生涯剛展開，我也是，〈閒說師者〉讀來甚爲風趣，頗有同感。我上課向來比較縱容學生，但教大一國文時，我最歡喜使用語言暴力恐嚇、威脅高中甫畢業的小毛頭須認眞讀書，原來罵人竟快意無比。我們活著，好像總會懷念從前，從前的學習方式，從前的閱讀經驗。

全書我尤其偏愛第二輯裡的文章。裡面提到了許多名廚如周師傅、趙胖子、劉麻子，令人景仰。

這個學期開始，我新開設的課程包括「飲食文學」，今天上午我們正好在閱讀你的〈刀工〉，眞是一篇好文章哪！描寫令尊的刀藝絕學，和各種刀工話語，行文宛如輕功

般流暢，並帶著江湖氣概，遠比閱讀武俠小說痛快。讀完文章，我又放映相關影片給學生觀賞，進一步領略中華料理刀工、雕工之精妙，心想庖丁解牛神功，大約如此。當時你發表此文，我才知道「健樂園」是令尊所經營的，名門之後，焉有不諳飲膳文化之理。

你對飲食的意見總是很有意思的。〈第九味〉懷念當年「健樂園」大廚曾先生，文字簡潔俐落，對話活潑生動。曾先生的知味、辨味功力在你筆下，竟帶著高深莫測的神秘味，眞羨慕你從小就得到如此高人指點。我尤其佩服他談論辣甜鹹苦四主味，和酸澀腥沖四賓味，見解高超。

你的飲食話語頗具特色，除了滋味中帶著俠氣，又經常能通過庖膳，給出悟境和智慧。我想，這種特色主要來自於修辭，比喻奇異而生動，如懷念大學時代的小餐飲店，「一陣子沒去，再去找時就找不到了，鐵鑄的招牌鏽蝕得很深，就像是我曾經的夢想」。又如離開嘈雜的冰淇淋店，「像遺失了往下一站的車票一般」，竟如此令人倉皇無措。

我以爲，飲食散文要寫得精采，所描寫的食物，第一要緊的是，必須能勾引食慾。例如你寫令堂包粽子的好手藝，只說「我小學莊老師的婆婆就是一口氣多喫了兩個送去醫院的」，這句話裡面的「料」比粽子還多，包含了一連串享受美食的動作，風趣，鮮活，準確。

你的敘述深具誘導魅力。〈詩人死生〉是一篇讀詩札記，也是很好的杜甫小傳，我想像，假使我們的中學國文課本裡的「作者介紹」，多有這樣的文字，中學生肯定會比較願意親近文學。

我訝異你對結構、修辭的謹慎，年輕人鮮見的謹慎小心。例如〈霧中風景〉描述霧中亮起的家庭燈光，令我聯想在小金門服兵役的經驗——彷彿是個多霧的小島，部隊經常沿著海岸夜行軍，迷霧中看到人家深夜裡點亮朦朧的燈，往往就升起了思念的悸動。Jim Heynen的小說“What happened during the ice storm”所描寫的燈光，也是如此溫柔、多情，先布置了冷色調的世界，再適時點燃暖色調的小燈。難能可貴的是，因對立所結構的張力，又顯得很輕淡。

我發現，輕淡總是通過含蓄的語言藝術表現，含蓄是一種高明的留白，故意不將情感完全表露；而是迂迴地比喻、暗示或象徵出來，〈懷念東海大學附近的三爿小店〉緬懷「十五巷」咖啡，短短數百字即準確描寫了不能忘懷的咖啡香，最後筆鋒一繞，「十五巷咖啡就在新興路十五巷底，前面有個下坡的轉彎，有時我在台北經過某某路的十五巷，就不禁張望著，像是許多年前久候一位遲到的朋友那樣」。

咖啡香雖然濃郁，卻十分飄渺，轉瞬即消失無蹤。描寫一爿小小的咖啡店，採取寫意的筆觸，快意勾勒，以張望著久候的朋友喻懷念的小店，有效連結物質和情感，雋永了記憶之味。

你從前作詩嗎？何以修辭常有詩的語境？也許就因爲詩的語境，敘述背後暗藏著隱喻，使文章更耐人尋味，如「一件舊毛衣般的人生，一本破爛燙金書般的人生，一個冷清舞會般不可以名之的夢境」；又如壓卷的〈毒〉，通篇幾乎就是一則玲瓏的隱喻，因此敘述雖則流暢，讀你的散文卻必須緩慢，像俄國形式主義所主張的，不可貪快。

你的敘述冷靜，思路清楚，卻透露一種慣看秋月春風的覺悟與豁達，一種年輕人少有的沉著，和一種淡淡的滄桑感。而我總覺得你太早覺悟了，俯仰間多的是知識修養，少了一些在世俗翻滾墮落的癡迷；可能就是知識的積累和辯證，使你提早結束了凡人多有的癡迷、浮躁，乃至狂野，使你的文章有青年鮮見的悟境。

然則我很難釋懷，那字裡行間憂鬱的氣質，一種深沉的憂鬱。我不免納悶，你還那麼年輕，奈何就如此老沉？不曉得你有沒有意識到自己行文時，常在繁華中提早預知即將到來的淒涼。

激情如伊丹十三的電影《蒲公英》，在你親履的經驗中竟還只是感慨：「時常眼前的美饌只是提供一種徒然與感傷，對於曾經的，對於不再的」。

乍然面對鮮美的魚頭，竟也能生出喟嘆：「每當自我飲宴，那最後的魚頭湯便是一種象徵，代表了生命裡已然洞見卻無法避免的莫可奈何」。再如〈雪地芭蕉〉：「有時你在路旁發現一隻枯蟬，而上頭仍然高歌，你有莫名的感嘆」；「芭蕉碩大的枯葉，頹萎腐爛像不曾綠過，巨大的死亡、高貴的死亡都讓你心驚，一種大理想的消殞，大境界的幻滅」……

如此這般，感傷懷舊乃成爲一種母題。

我想你其實是焦慮的，對精緻文化之式微的焦慮，對感性能力之日漸蕭條的焦慮，你在〈一對瓷瓶〉中說，「我們正在失去一種觀點、一種意境、一種人生的態度與一種處世的情懷，一種美。」你一直給我少年老成的持重感，青春的外表裡面，藏著蒼老的靈魂。

多寫多寫，對於你，我有一種期待大家的心情。

——二〇〇三年十月七日

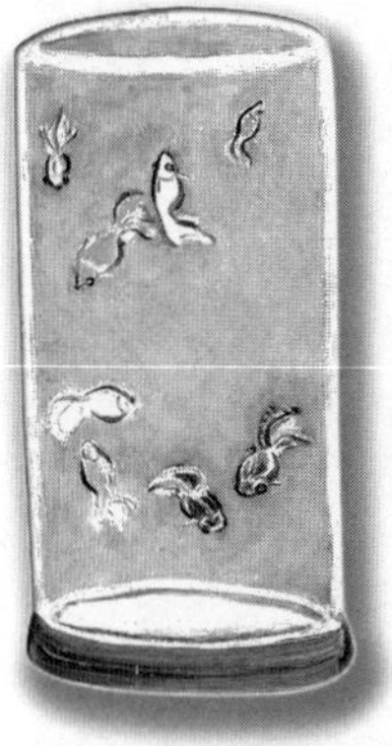

第一輯。昨日之歌

石榴街巷

董橋先生的新書《心中石榴又紅了》中，有一篇提起了鄭振鐸父子過石榴節的往事，細膩溫潤，母親讀了，想起了以前宅院中的那株石榴樹，對那些時光裡的永康街似有無限緬懷。

母親原本就是浙江人，來台後便住在永康街，十四巷十四號，這地址還在，只是雕闌玉砌，已共人事同湮渺了，我們偶爾走過，母親那輕輕的喟嘆，便如同白先勇的小說〈遊園驚夢〉裡的最後一句台詞：「變得我都快不認識了，起了好多新的高樓大廈」。至此母親不免向我們描述當年的點點滴滴，往往就是從那株石榴樹開始的。

據說昔日的永康街全是日式建築低矮的平房，繞過公園，十四巷十四號朱紅的大門裡有一方庭院，圍牆的另一頭便是麗水街，庭院裡左手邊的水池植滿睡蓮，有一年還長了許多菱角，菱角蒸飯也是母親經常提起的；右邊一晌除了台灣常見的木瓜樹，還有竹柏數叢，蔭滿窗簷，夏風一動，滿屋子透著清涼，中秋賞月，便拎一張小板凳，竹影秋韻，像一個遙遠而清朗的夢。而兩株石榴便種在客廳門前的兩側，夾著青石板鋪的小道，帶有花徑緣客掃的趣味在。母親說每年夏天，總要結拳頭大的石榴，掰開裡面鮮紅欲滴，有時分送鄰居，一條街巷都因爲石榴而感到了初夏的興味，微酸的民國五十年代。

母親說這些往事時，我們已從「高記」出來，口中茶香未散，正準備去嘗一嘗近年來聞名遐邇的芒果冰。夜暮低垂，華燈初上，整條永康街擁擠了起來，人潮與車潮是九十年代的繁華風景，西雅圖咖啡的濃香盤據街口，日式迴轉壽司的火車響起了氣笛，雲濵料理的門口聚集了一群年輕人，顯然對重口味有一試的決心，而隔壁越南館正有上了年紀的老饕杓起一匙清淡甘醇的牛肉湯汁……。永康街，味蕾的王國，從信義路直貫到和平東路，也帶動了一旁的麗水街，典雅的希臘菜，養生的傳統藥膳，都對每一副脾胃發出強烈的誘惑；永康街，世界級的飲食商圈，日本話在信義路轉角口的「鼎泰豐」前面排隊，英文則在靠近師大圖書館後門的小酒吧裡喧譁，而在一條暗巷裡的印度餐廳，總有幾位皮膚黝黑的印度人坐在那裡，不過他們很沉默，只聽著熱烈奔放的印度歌而不說話，我不知道他們的語言，他們都用銀色的刀叉喫咖哩飯。

我不知何時開始喜歡這裡的氣氛、感覺與種種美食，只覺得格外親切。台北的街道多以大陸的城市來命名，我以前的身分證上籍貫欄寫著湖南長沙，現在寫著出生地台北市，然而我對台北的長沙街卻十分陌生，幾乎沒有去過，等於是邊疆，反而應該在邊疆的迪化街，因爲辦年貨的關係而成爲童年最壅塞的記憶，充滿香菇與紅棗香。其他比較熟悉的是買書的重慶，上學每天要經過的青田、溫州，還有自己住的和平東路，我的中國經驗其實從台北開始，味覺經驗則在永康街。

不知是否對青春的歲月有些眷戀，從來母親便愛提起永康街，或引領著我們來此遊逛，而不知何時開始，卻成了我們帶著她來散散步，憶憶舊，話話當年。母親說三、四十年前的永康街只是一條寂靜的小巷道，以基層公務人員、小學老師與師範大學的教職員爲多，街景清平樸雅，鄰居克勤克儉，簷捱著簷的平房在清晨只有畫眉鳥的嘹亮，家家氤氳著白粥的熱氣，晚上七點半過後就完全闃靜了下來，只有收音機的呢喃透過窗紗，爲那樣深的夜增添一種幽戚。當時幾乎沒有店面，母親說只有巷口有一擔陽春麵攤子，那時最高級的享受便是在路燈下來一碗麵，若說加個滷蛋，除非是有什麼大事，後來來了一個賣蟹殼黃的，生意好得很，我想母親可能不知，那個賣蟹殼黃的後來做大了生意，朱紅的樓面燙金的招牌，已經是當今永康街地標級的建築，甚至可能比「永康公園」還有名氣些。

永康街的歷史便是台北市的縮影，韓戰結束、經濟起飛、政治解禁、政黨輪替……，每歷經一次國內國外的變局，永康街便更像現在的樣子，基層公務員都升遷了，搬走了，日式平房與庭院先改建的成爲四、五層的公寓，後改建的成爲十層左右的大廈，住戶多了，商人來了，餐飲業由基本的塡飽肚子，變成要求精緻口感的美食，競爭引來更多的商機，更多的商機引來更多的競爭……無論別處如何，永康街似乎很堅持這種以餐飲爲主幹的發展路線，在富裕的台北市，交通便捷人口稠密的大安區，這樣的事業很容易地繁榮了起來，成爲都市景觀。隨著整體都市計畫時代的來臨，官員們也不禁要皺起眉頭思考，如何保有永康街的原始風貌，又提升她的環境品質；以及如何使她的獨立特色走向精緻，又能與周邊的環境配合而擴大這條黃金街道的腹地與縱深……，於是改革來了，改革走了，我們看見了公園周邊的鑿痕，感到了太明顯的資本主義享樂意識，已經佔據她原本的樸實與沉厚。

永康街環境特殊，向南是師範大學，西側有淡江大學的城區部與政治大學的企管中心，東方則有台北老牌學校金華女中，現已改做金華國中，她的人文素養本來濃厚，舊書店、古玩鋪、旗袍莊、宣紙行，標誌著這裡居民的品味與興趣，那略帶著傳統文人拘謹的風雅與沉靜的心思，其實是這條街道最迷人之處，而針對早期公教業爲主的顧客，永康街的餐飲文化似也帶著濃濃的舊國之思，與台北的其他飲食文化，像天母、圓環、士林、饒河街等迥然有異，那是一個魚龍寂寞，故國平居的時代小角落所特有的風韻，帶著白先勇式西風與涼露的台北情懷。而這些更隱微、更具文化意義的細節在新世紀中似漸漸枯淡，成爲一幅心底的風景，眼前多是擎著美食雜誌來尋香訪味的食客，在五光十色中滿足了對味覺欲望的想像。

但永康街仍是我最心愛的一條街道。

母親的青春，我的童年與學生時代的韶光，都淹漫在這條街上，那像一條無形的繩索，串起了兩代台北人的情感與生活，她曾經樸質的那麼氣派，如今輝煌的這麼理所當然。她有一種超乎商業、政治以外的生命力，就像公園裡的喬木都是上了年紀的，但仍然碧綠的那麼有勁，不輸給底下啜飲午茶，漫興隨意的年輕世代。

而母親的記憶是深長的，一株石榴，一座宅院，一條街道，歲月的感慨不只是這些，而是身處其中的人事與歲華，我們撫拾過往，似乎聽見歷史深處傳來崑曲《桃花扇》裡〈餘韻〉一折所演唱的：「笙歌西第留何客，煙雨南朝換幾家」一般，有種興亡看飽的滄桑。世界改變得太快，我們總是還來不及爲今日的現象定位，便已馬上成爲陳跡，就如同永康街的風華，在晚風裡那樣自在地盛開，不知是湧現了這個時代以懷舊爲品味的消費傾向，還是在其中注入了眞誠的文化與社群省思？

離開了擁擠的人潮，母親回憶起搬離永康街時，曾經試著想將那兩株石榴移植新居，但不經年即枯萎，「之後就再也沒有嘗過新鮮的石榴了」，母親很是可惜。

而在這世上，並沒有一天是叫做「石榴節」的，但鄭振鐸父子卻有那樣的雅興，將分石榴的日子喚作「石榴節」，因此我也猜想，母親的心中也許便眞有一條名之爲「石榴」的窄街巷，陸沉在遙遠的時光與千門萬戶的台北市，寧靜的，溫柔的……。

——本文獲台北市文學獎

北城翦影

一、棒球夢

去年世界盃棒球賽在台北比賽，沉寂了多年的棒球熱好像突然在台北街頭活了過來。我的整個童年都是棒球，那時暑假的大事就是猜猜中華隊今年將成「幾冠王」，半夜家家戶戶都起來看冠軍賽，每台電視都高唱「香港腳、香港腳癢又癢」的廣告歌。棒球成爲一種話題與習慣，沒料到反而在職棒成立後，棒球竟然成爲台灣的夕陽產業之一，那片夢土，甚至於殿堂般的市立棒球場拆除後，棒球更顯寂寥。

我曾經夢想成爲「中華隊」的三壘手。

在捷運麟光站旁的巷子中有一方小小的公園，眞的很小，大約直橫各不超過五十步，也就是兩千五百平方步那麼大了，我小學時代經常與一位同學在裡面丟擲棒球，兩人一球，丟來丟去可以一下午。有一次不知是我還是他，用力過猛，將球丟出了公園，球滾過馬路，滾進一片地瓜田中，我們差不多把整片地瓜田翻了過來，球還是沒找到，只找到比球還大粒的地瓜。種瓜的老太婆跑出來痛斥了我們一頓，說要找警察來抓我們兩個「猴嬰仔」，嚇得我們再也不敢去丟棒球了，當國手的夢想也無疾而終。

前幾年那片畸零地的地主不知打通了什麼關節，竟將地瓜田蓋成了一棟大廈，我不知道他們在地基開挖時，有沒有幫兩個「猴嬰仔」找到那顆棒球？世界盃最後一場對日本的比賽，大街小巷的電視又唱起「香港腳」的廣告歌，我望向窗外千門萬戶的台北市，寂寞與追懷湧上心頭，童年就像一顆高飛界外球，被不斷往上茂長的城市接殺出局。

二、蓮葉何田田

我在南海路的歷史博物館買了一張明信片，畫面上素雅的荷花與碧青的荷葉讓我在盛暑清涼，在濁世芬芳。師大對面裝裱的老師父瞥了一眼說這是張大千的名畫複製，我喜歡這種相知的感覺。

植物園一直是我認爲台北市中最清靜的地方，不知是不是那一池荷，有著幽然的意境。童年我們全家總要找一天前往賞荷，一池擁擠的荷葉荷花，在晨曦裡滾動的露珠，還有靜靜取景的攝影家與渲染墨色的畫家，都讓童年的我印象深刻。國中老師教到〈愛蓮說〉那一課時，所謂：「濯清漣而不妖」云云，我腦海中所浮現的就是植物園中的荷。

歲華荏苒，許多人事都老去了，今夏惟有那一池荷依然年輕。

我總覺得植物園的整體設計有些想仿西湖，老總統那個懷鄉的時代像一夏荷事隨秋天的腳步而凋零，那天我買完明信片，坐在二樓的廊上品茗賞荷，無端地想起一首李商隱的詩：「荷葉生時春恨生，荷葉死時秋恨成。深知身在情長在，悵望江頭江水聲」，台北的夏夜，已慢慢沉浸在我的杯底了。

三、神隱生活

古語說：「大隱隱於市」，眞是一句深具意義的話。城市好比一個錯綜複雜的叢林，許多生活裡的捷徑與密道都隱藏在一張街巷繁雜的地圖底下。

台北的生活就是如此，在匆促的人潮下其實有著龐大的生活樂趣。比如說買書一事，我小的時候喜歡看書，除了在國語日報與東方看兒童書，我還愛在光華商場樓下買舊書，他們常有搜集完整，一年份的《讀者文摘》或是《皇冠》雜誌，懵懂的我胡亂買著看，比別人晚一整年或好幾年得到的閱讀趣味絲毫沒有折舊。中學時代台北市冒出大量的金石堂，空氣新涼、窗明几淨，眞是看白書的好地方。大學時代誠品來了，彼時凡我知識青年，不去誠品買幾本書，約幾次會，簡直不能算是大學生，畢業多年，最近一次去誠品是晚上失眠，二十四小時的書店是台北特有的浪漫，深夜一兩點裡面還人山人海，像是一個地下組織在秘密集會，交頭接耳。

其實神隱在台北的書店有許多，如台大附近的唐山，師大後面的水準，都是地圖上不現形的讀書人的「巢穴」，當你發現時有種樂趣，在其中找到的讀書趣味更是幾家大型連鎖書店所不同的。不只是書店，台北有許多像是ＣＤ行、麵包店、小酒館、茶行、餐廳、手染服飾店、畫廊、coffee shop……等，都極具特色與風味，它們像是神隱在大都市中的夢想，等你無意間的闖入，並且完成它。

昨日之歌

當我年輕的時候，我總在收音機旁等待我喜歡的歌
唱到令她心碎的那幕時，我仍像昔日一樣地流下淚來

——Yesterday Once More

是啊！還記得那首熟悉的歌嗎，那首只有四個和絃的曲子與簡單的歌詞，不只一次，總是不經意的瞬間，在喧鬧的老式西餐廳或夜行的客運車中喚醒了昨日的記憶，青春就這樣走遠了吧，你以爲那夜幕上的煙火會亮成恆星，而我只在黝黑的河裡撿到焦黑的塵灰，那只是一首昨日的情歌而已，唱給無言的青春，而且並不眞的留下什麼。但無論如何，我喜歡這些歌聲，雖然我無法因爲哪一首歌而輕快地跳舞，也不會用哪一種樂器演奏我心中的感覺，但

那些飽滿、濃郁、壓抑或是輕快的旋律，那些沉穩或是跳動的節奏，都讓我覺得如詩如畫。

回憶與音樂的接觸過程，以前大概還不流行音樂胎教之類的，所以小學開始，才是我音樂的啓蒙期，市立學校裡的音樂教室十分有趣，只比有標本與酒精味的自然教室差一點點，橫條的長椅像教堂，牆上的巴哈留著小鬈髮，蕭邦打著白領巾好像脖子受了傷，貝多芬看來挺兇，不像是寫出〈月光〉那樣溫柔的人，鋼琴罩著外黑內紅的琴衣，後面的一個小鐵櫃還擺著各式樂器，雖然總是上著鎖，但上課前大家還是會圍著鐵櫃指指點點。不過那時的音樂課總是充滿緊張的氣氛，因爲我們的音樂老師每節課都要考我們視譜歌唱，而且要檢查書本，不可以先寫上注音，我們那位蒼白削瘦的女老師，把一根藤條藏在鋼琴椅下，當她掀開椅座時，全班便會陷入一種慌張的靜默，班上大約只有學過鋼琴的幾個女生沒有喫過她的藤條，她眞是一位太認眞的音樂老師。這樣的開始雖然並不愉快，但音樂的確是人的本能之一，我們從〈河流〉、〈紫竹調〉、〈快樂向前走〉一直唱到六年級的「青青校樹」、「長亭外，古道邊，芳草碧連天」這幾首畢業歌，那時好像有些似懂非懂的東西梗塞胸口，透過音樂，似乎明白了些什麼，傍晚的夕暉曬暖教室，灰塵浮動在空氣中，別離、前途與人生，這些好遙遠的東西第一次如此靠近，無以名狀的心慌與期待似乎都包含在那輕輕的歌聲中，這幾首歌練習了好幾個月，從春雨綿綿到知了高鳴，這一個學期老師竟沒有考視譜，也沒有拿出過藤條。

中學以後沒有上過一堂音樂課，我們的音樂老師就是英文老師（當然，童軍老師是數學老師而工藝老師是理化老師），這些「非正課」的課都用來補英數理化，音樂課本中的許多好歌都成了The Sound of Silence。惟獨學校一旁的軍營，一到黃昏五六點便放起音樂來，不是雄壯威武的軍歌，而是一些輕快的流行歌曲，像〈守著陽光守著你〉之類的，那時我總是從又繁又難的考卷中抬起頭來聆聽片刻「在等待的歲月中，我學會了不絕望……」，黃昏下沉的窗景，市聲喧譁，幾次我幾乎想要就這樣走出教室，天涯海角都無所謂了吧。但我發覺全班總是都在認眞而拚命地寫測驗卷，音樂對他們而言似乎完全不存在，那時竟有些特別的感覺，很多年以後才明白這種狀態大約名之爲：孤獨。

碩士班時期買了第一套音響，攢了數月的家教所得，我只會播音，許多複雜的功能我都沒有學會。我什麼音樂都愛聽，古典、爵士、流行、民歌、童謠……都有他特別的地方，也都有特別的記憶可供尋繹。我買的第一張唱片好像是《里斯本的故事》，那清脆的吉他與人聲從喇叭中流瀉出來，似乎世界在那一刻只賸下了一種聲響，一種絕對的大寧靜。

我的「知音」是碩士班上的一個女生，每當我買了新的唱片，就忙著把她從女生宿舍中拖出來一起聆賞，兩人一曲，可以有一下午悠漫的時光，陽光掀亮我小小的斗室，在她的長睫毛上變成一種金黃。後來她變成了我的女朋友，又變成了我的妻子，這些年來每次搬家，都由她細心地幫我搬運音響，而一到新家的第一件事，就是把音響裝好，然後一面播音，一面收拾打掃。有時聽到一首極美的曲子，不禁要放下手邊的活兒，抬起頭看，發覺她每每也是如此，我們相視一笑，滿足於一屋子美好的陽光與灰塵。

每一支曲子都是一片流域，有些長滿蘆草，有些布滿彩石，而我們一同涉足在這些美好的風景之中，有些成了印象畫風的明信片，壓在記憶的透明玻璃底下。某些旋律讓我們想起靜夜小巷的月光，某些是一棵等待在霧中的碧樹，某些則旋轉、沉澱在一杯涼去的茶底，某些遺落在一場風暴的旅程。我們過了很長一段沒有電視節目的日子，卻也並不感覺到生活中有所缺憾，我們也極少買新的唱片，反覆聽幾首曲子，去辨認其中一段細小的配樂，或一個特別的表現，音樂像是不斷生長的爬籐，日漸纏滿生活的巨幹，音樂又像一首詩，沒有辦法被完全掌握，所以有了雋永的深刻。

不幸這台伴隨我們從初識到今天的音響終因年久而出了毛病，它的音色尚稱圓潤飽滿，清晰度也還夠，只是經常沒來由地跳針，或無法播音，不知是電子控制出了問題，還是磁頭老舊。

朋友勸我們也該是換台新音響的時候了，「現在新機種那麼多，價格又不貴……」這是具有說服力的理由，但我們都堅持它還很好，很好。每當它又開始故障，不肯播音，我們都只是嘆息，而不忍苛責這具不願歌唱的老夥伴，好像錯誤並不該由它來承擔，畢竟歌唱要發自內心的誠懇才真切動人，我們要容忍它的情緒。

在沒有音樂的日子裡，許多聲響似乎撬開了窗隙，小偷一樣地潛進來綁架我們的耳朵，噪音格外突出而尖銳。那平常被我們忽略的眞實生活的聲音。

每天早上巷口幼稚園傳來大聲唸「Ａ—Ｂ—Ｃ—Ｄ……」將我從睡夢中喚醒，可樂倉庫鎮日倒車的嗶嗶聲與上貨的碰碰作響，中午時分換紗窗紗門玻璃的發財車就來了，下午三點半則是麵包車用國台語各朗誦數遍今日供應的麵包，中間夾著一段〈營火之歌〉，晚上約莫十一點，那燒肉粽的便開始遠遠近近地叫賣著，每一條巷弄於是都有了時間的鄉愁，經常會有一個酒醉的人，在巷口說著滿地醉話。這些勞苦的、喜悅的或誇張的聲音充滿世情，較之於深夜雨後的一片蛙鼓，尤其顯得滄桑。

粗糙的生活每天摩擦我們以發出各種聲響，人生不是細緻的琴絃或象牙的按鍵，能被命運藝術的手指彈奏出和諧的旋律，或與他人生命互相呼喚而組織優美的和聲，生命總是爲了魯莽的意外驚呼，沉重的負累嘆息。而往日美好的音樂總是爲我輕輕掩蓋了這些煩惱，一聲一響，詩人說仙樂來自天上，在我喧囂的凡間應該都是垂憐。

最近閒逛某百貨公司時無意走到了音響專櫃，店員專業而耐心地爲我們講解這套劇院組是幾聲道，那台又有什麼超重低音，某台靈敏度如何如何，並且拿著《侏羅紀公園》的ＣＤ讓我們試聽恐龍的腳步是如何震撼地走近，嚼食人骨的喀啦喀啦響有多逼眞、細緻……，那是一個極平凡的週末下午，整個百貨公司人聲鼎沸，遠處賣不沾鍋的擴音機中不時妙語如珠、一旁電視專櫃十幾台寬螢幕同時播放著一場足球賽，激動的球員與熱情的觀衆陷入狂喜，我緩緩閉上眼睛，一個細小的聲音升起，那不是音樂，是許多年前的一個午后，我與還沒結婚的妻一同坐在摩托車上由山上往下滑，陽光晴暖，世界廣闊，我們不知道要到哪裡去，前方就是繁華的大城市了，更遠處是海，風聲呼呼地自耳邊掠過，其中夾雜著我們破碎的言語，但那一刻我卻覺得是寂靜的，十分美好的靜謐，好像走進了一個房間，關緊了門。

而在我的心裡，總是有許多時候被如此的寂靜佔滿，沒有一點縫隙能容納其他的聲音。

懷念東海大學附近的三爿小店

一、十五巷

十五巷咖啡就在十五巷底，木頭蓋的小屋，漆成白色的窗櫺襯上白窗簾，很有潔淨的家園風味，裡面是原木地板，幾張油畫，印象中總是曬滿陽光。

東海大學附近咖啡屋眞多，大概是配合東大悠緩的生活節奏吧，散步累了，總要有一個可以歇息片刻的角落；或是夏午秋夜，有些漫興該消磨何地？每一家店也都各有特色，那時我比較常去的是國際街的柏拉圖、玫瑰園與新興路的十五巷。柏拉圖設計前衛，黝暗深沉的光影、布幔，頗有西方人文藝沙龍的感覺，適合三五好友聚會瞎說，有些沒天沒地的愉快。

玫瑰園現在各地有許多分店了，當時可是僅此一家吧，富麗浪漫的氣息，到處是大瓶大瓶新鮮的玫瑰，典雅的英格蘭瓷器，雪白桌布，加上標榜自信與氣質的女服務生，嗯哼嗯哼，是個約會的好地方。至於十五巷，則是明朗的南歐風格，最好單身而往，或是與知己一人相對無言默坐整個下午，看天聽鳥讀書，直到夜幕低垂，華燈初上，心情一如諦聽技巧高妙的大提琴演奏跳躍的弗朗明哥。

相對於現代無所不在的連鎖咖啡，這幾家學生時代的咖啡店似乎更讓我覺得喝咖啡是種精神上的享受而非關口感如何，因此更容易有回憶，那些幽恍的光、甜膩的香與寂寥的下午；那些沉澱在黑色杯底的情懷仿若鑲金。

十五巷咖啡就在新興路十五巷底，前面有個下坡的轉彎，有時我在台北經過某某路的十五巷，就不禁張望著，像是許多年前久候一位遲到的朋友那樣。

二、豆子

有些店家手藝實在不錯，加上環境雅緻，是適合用餐的好地方，惟獨店家總是爲了製造氣氛而播放某種音樂，然播放的音樂卻又恰好破壞了他們期望的那種感覺，這無疑是令人氣餒的，因爲旋律響起，橫眉的藝術家便露出逢迎的商人馬腳，本來期待附餐甜點的心情便立刻被熱量太高的疑慮佔滿，委實不大痛快。

東海大學後門那裡有一家蓮心冰品，它的雞腳凍遠近馳名，就在他家對面，也開了一家小小冰品鋪，叫作豆子，專賣仙草凍加芋圓，爽口的糖水撞入鮮奶油，仙草香中配上咬勁十足的芋圓，眞是盛夏中六星級的宴饗，他還有一種冰綠抹茶，翠綠如許，望眼生涼，也是我的最愛之一。豆子陳設簡單，紅磚牆地，矮木桌椅，粗粗笨笨倒也有促膝飲冰的雋永。一回去喫，沉悶的夏午雷雨將作未作，店中播起音樂，悠揚宛轉的女聲令人動容，「衆絃俱寂，我是惟一的高音」那種深邃與孤獨，應該是瑞典女歌手Silje Vige的專輯吧，幾桌客人在陰沉的午后緘默，不一會兒雨就漫天漫地灑下來了，而歌聲依然動人，陌生的語言唱遍南國潮濕的憂鬱。

每當在餐廳裡，那些惱人的音樂襲來，我總想起《生命中不可承受之輕》的故事裡，薩賓娜與弗蘭茨坐在餐廳中，薩賓娜抱怨音樂太吵，但心中想著：「……巴哈的時代，那時的音樂就像玫瑰盛開在雪原般無邊無際的寂靜之上」。

啊！

三、素履之往

《素履之往》是木心的小品雜文集，也是一家小店的名字。

木心在他另一本書中也提了這事，好像是說他喜歡便讓給他，我猜木心總有點憮然，他原是不預期自己能被輕易了解的人。

木心是畫家，然其學貫中西，有舊時代文人的博雅與狂狷，又有新時代知識分子的眼界與傲氣，文學獨創一路，古奧而流利，我覺得他的小品文是雜揉了英式隨筆的刻削飽學，以及晚明人的風雅內斂，偶爾詩情翩翩，往深裡讀去很有些味道。

開在國際街的「素履之往」性格上其實頗不同於木心，極小的店面，只能容納五六人，外面樹著一杜鐵鑄鑲嵌的市招，刻著店名及這樣的一句話：「昨夜有人送我回來，前面的持火把，後面的吹笛」，十分現代的風格。印象中每次餐點只有兩三種，應該都是老闆（一位年輕女士）的創意之作，整個鋪子充滿了實驗氣息，但不知爲何，無論何時望去，「素履之往」都有點蒼涼的況味。

但那其實是一家夢中的小店。

我那時總浪漫地想，也許此生便該拋下眼前一切，就開這麼一爿鋪子：在街道的盡頭，客運的終點，用自己喜歡的作家取的名字，透明的淡藍厚玻璃燈暈熒熒，用葡萄酒與香草料理清淡的食物，並不在乎誰愛喫或是誰不愛喫，而或許，開著這樣的店只是爲了等待著一位可能來、可能不來的人吧，就像〈史卡保羅市集〉（Scarborough Fair，一作〈萬國博覽會〉）中吟唱的：鼠尾草、迷迭香與荷蘭芹，還有一件亞麻的襯衫，但別爲我縫起……。

「素履之往」眞的有點像是夢中的小店，一陣子沒去，再去時就找不到了，鐵鑄的招牌鏽蝕得很深，就像是我曾經的夢想，我那時想起木心的一個句子：「枯萎的花，比枯萎的葉子更難看」，喔！不，其實應該說是淒涼吧。

街角的冰淇淋小店

「冰淇淋」三字翻譯得眞好，好像在酷熱的夏天，把一些即將融化的、冰冰涼涼的東西淋澆在你的頭上、心上一般，光是聽著就清涼甜美了起來。「冰淇淋」除了好聽，當然也好喫，很多人會有錯覺以爲那是屬於夏天的食品，其實未必，中國古代的莊子在書中曾經提到一個叫葉公子高的人，白天接受了君主的誥命，內心煎熬發熱，晚上便要討冰喫，書中並沒說此時是冬是夏，可見喫冰淇淋與季節無關，全然與心情，或是境界有關。

當然，喫冰淇淋的心情並不限於在接受了什麼重大任務之後，百忙當中，清閒之餘，其實都是喫冰淇淋的好時機。以前在東海的時候，說也奇怪，明明該有很多事要做，但總覺得時間眞是多，多到沒處殺，長日漫漫，閒坐桌前，這時最易泛起一股想要喫冰淇淋的欲望。我常去的那家冰淇淋專賣店（礙於不能有商業廣告行爲，店名無法奉告）就在兩條馬路的交又轉角，店面不大，前面有綠色的花圃，瘦瘦的幾根路樹，葉子並不多。冰淇淋店亮晶晶的櫥窗十分可愛，外面裝飾得像城堡一樣，非常合我的心意，裡面賣的冰淇淋口味雖不甚多，但也有二、三十種，將他們互相搭配組合起來就千變萬化了。不過可惜的是，不知爲何，每次去喫冰淇淋都幾乎點了相同的幾種，許多精奇古怪的口味至今沒有品嘗過，殊爲遺憾。那時往往一坐就是一下午，感到外面世界的奔忙都被融化在湯匙底下，自己停格在喧囂城市的某個角落。回台北以後則正好相反，分明無啥正事要做，可卻每天忙得不得了，不過我偶爾還是得偷空去一幢奶油色的二樓小鋪喫上一盃，像是一種信仰，並爲之醺然、陶然而茫然。

喫冰淇淋要有一點小小的童趣，要暫時放下成人世界裡的一些禮儀，比如說手指沾上了冰淇淋，你如果就拿了一旁的餐紙去擦，那就喪失了這種樂趣，非用嘴吮不可，又譬如說你喫的太慢，許多冰淇淋融成液狀流於盃底，那平口匙是絕對撈不起來的，這時爲了不暴殄天物，你也不用不好意思，儘管伸長舌頭去舔，這樣才能享受那種快樂，得到那層滋味。所以在我來說，無論是那家轉角的冰淇淋店，或是奶油色的二樓小鋪，其實都有一層童話的色彩，走進其中，就好像進入了童戈利先生的巷子（註），裡面是旋轉馬的搖鈴聲與神奇的廚師，爲你帶來一晌的歡樂與無憂。所以冰淇淋店是最好的約會場所，感覺有點像一對淡綠色翅膀的精靈，帶著一束鮮花去造訪寂寞老巨人的秘密花園，在奇幻而純眞的冰淇淋世界裡，就像魔法，約會的兩人將會看到眞正的彼此，更重要的，當你提出想嘗一嘗她的冰淇淋口味而又沒有遭到拒絕時，那表示像王子或是公主那樣，你可以輕輕吻她，並且乘著金馬車向你的王國駛去。

藍色的冰淇淋是有翅膀的小馬，披著花氈帶你到橘色冰淇淋的甜月亮上，紫色的是一支魔笛，吹奏流水與無花果的歌帶走全村的童年，留下咖啡色的森林，藏住公主金黃色的長髮，這是冰淇淋的王國，無憂的世界。只可惜誰都無法長留，有如童年一般，穿過街角就長大，再回頭什麼也找不到。所以街角的冰淇淋店有時帶著一種逝去的感傷，在人生匆忙裡無法暫停的一瞬間。

最近最後一次去冰淇淋店已是數月以前，美好的週末下午，陽光融融，妻子穿著美麗的花裙與輕巧的便鞋，人潮擁擠，等待的隊伍很長，午后的時光變得焦躁了起來，而我們居然幸運地坐到了窗邊的位置，窗外的綠樹正開黃花，冰淇淋也相同的沁涼，然而我們卻越坐越感到不安，馬路上穿流的車潮，室內震耳的喧譁，像是一座陷落在搖滾樂園手中的古堡，正商量著入夜後的慶功，旁邊的人不是在品嘗冰淇淋，而是在急切地推銷一種商品，或是努力說服別人購買一種服務，我們終是黯然地離開了那小小的窗邊，像遺失了往下一站的車票一般，心情不知放在哪裡才好。

之後我們就眞的長大了，很在乎生命裡的得失，而不是喜悅。

前幾天，妻子從超市回來，買了一小盒冰淇淋，奶油胡桃口味，在客廳裡我們竟嚴重地思念起那家街角的冰淇淋店，一個悠閒的下午，一種神秘而強烈的幸福的感覺，或是廣袤的柔軟的夜晚，天空懸掛著靜止的煙火，星星們在朗誦一首詩，「啊！那個時候啊……」我們都感嘆著，感嘆著，最後，像以前戀愛的時候那樣，我約她找一個不錯的好日子，一起穿過街角，回到那有旋轉馬鈴聲的冰淇淋小店。

註：英國童話《保母包萍》中一條只能偶爾闖入，但無法在現實中找到的魔法小巷。

旅次偶札

車站一隅

我們的旅館在布拉格的市郊，電車線的終站，鐵軌環繞的中央地帶像一個孤立的小公園，隨時有人來到或是離開。

蕭瑟而破敗的風景，正是米蘭．昆德拉筆下特麗莎與托瑪斯相遇的地方，連長凳都很符合那樣的場景，於是故事開始了，如果生命只有一次，那麼到底算不算發生過？如果世界分成輕與重、靈與肉的兩邊，哪一邊才是眞正的存在？

在布拉格有太多値得回憶的美好，卡夫卡的大蟲，莫札特的「唐．喬凡尼」與深夜街頭的賣唱人，但我印象最深刻的竟是這個毫不起眼的小小車站公園，我彷彿眞的遇到了特麗莎與托瑪斯，他們一手拿著《安娜・卡列妮娜》，另一手牽著叼著麵包圈的卡列寧，像風一樣穿過了我的生命，「多麼奇怪的觀光客啊！」也許他們正這麼想，而他們並不知道我曾反覆讀完他們的一生，並且相信自己會在布城的石板路上與他們擦身而過。

生命本身是在不斷地尋找，透過無機的巧合，「多少年來，我一直想著托瑪斯，似乎只有憑藉回憶折光，我才能看清他這個人。」那時是下午六點，特麗莎剛下班，托瑪斯在旅館正對面的公園長椅上看書，我走進了他們荒涼的故事，並且攝影，留念。

不要教我喫拉麵

當店員爲我捧上一大碗正油叉燒麵時，我想起了伊丹十三的電影《蒲公英》中，日本人對於拉麵近於瘋狂的執著，於是也不禁嚴肅了起來，喫麵，呷湯，深深吸一口氣，感覺氤氳在蒸氣裡的湯頭的甜味與青蔥微微的辛香，默想一萬遍記憶裡味覺的歡樂與苦痛，然後在瞬間的接觸裡，用力忘掉一切。

在旅遊書上，對於北海道的札幌拉麵都有詳細的介紹，不知爲何，台灣方面特別愛推薦這家「時計台」，其實「時計台」是札幌舊市政廳的一座鐘樓，麵店就在近左，我想這是他們這麼命名的原因。然而「時計台」的拉麵固然精采，但我印象最深刻的，卻是在美瑛小鎮的車站旁，一家毫不起眼的小店面，鑽入破舊的門簾，裡面竟已坐滿及站滿顧客，湯聲隆隆，有點像阿城〈棋王〉中說的：「滿屋子喉嚨響」，沒有人有空騰出嘴巴說話。

細雨又冷的中午，加上一上午腳踏車的行程，湯麵端上來時，我也立刻投入了這行列，伊丹十三在《蒲公英》中形容喫到美食與飲下美酒時說：「時間突然變得悠長」，善哉！

回程又來到札幌市，臨行前又去「時計台」喫了一碗麵，對於味覺而言，時常眼前的美饌只是提供一種徒然與感傷，對於曾經的，對於不再的。

菊花與寧靜

歲月感慨，人生風雅，轉眼間外祖去世已歷十年，悠悠物華，故居幾番改動，今夏搬家時，將外祖所賸遺物，包括：一枚蛋架、幾箱舊書、一對細瓷膽瓶、一只畫箱與一架花几搬來新址，總算留了一些紀念。

畫箱長約四尺，寬深各約八寸，檜木質材，相當防蟲，門鈕樞扣為黃銅，整體頗為沉重，據母親說，其中本有些名畫，但這些年來已不知流落何人之手，所賸僅外祖手跡一批，皆是尚未裱褙之字畫，許多是隨興之作，我讀了其中的一些詩句，感受到了外祖生前心中所潛藏小小的寂寞。比如說那枚蛋架，波多黎哥製，是一隻破殼而出的陶瓷小雞，背後頂了半個蛋殼，恰好可以放一枚水煮蛋。母親說外祖當年往美國依親，每天早上就喫這麼一枚水煮蛋，半年後不習慣洋人的生活，終於還是回台灣了，據說從美國只帶回了這個並不值錢的蛋架，放在書桌上，從來也沒有用過，大概是由此念想美國歲月與親人間的點點滴滴吧！我讀到他的一首〈旅美詩錄〉七言絕句，最後兩句是「芳草夕陽人萬里，更從何處話家鄉」，異地的晚年心境，或許全在此中吧！而花几則是木造，高約七十公分，長寬各三十公分，上下兩層，略呈梯字形，光滑細膩，樸實中卻深蘊著一種氣度。

外祖能詩善書，家中牆上的字畫不時更替，於是便訂製了這只畫箱收藏換下來的卷軸，現在我翻覽這些手跡，都帶著淡淡的木頭香。外祖亦好花卉，花几上總隨四季開滿不同顏色，過年的時候多是水仙，青蔥俊秀，十分有靈氣，一縷甜香，縈繞在暖暖的室內。夏天多置國蘭，外祖欣賞那些碧沉劍葉削瘦挺拔的精神，似乎並不在乎有沒有花穗。而他尤喜菊花，每年秋天，雙十節前後，家中客廳必置叢菊數盆，淸香凜冽，有時詩友造訪，品花琢句，眞是風流之極，在他的手跡中有一首〈偶成〉詩，最後兩句就是「尙餘寧靜志，種得菊花肥」，我想菊花與寧靜，眞是秋光裡最美好的兩項記憶了。

外祖去世在舊曆年前，那年家裡忙著治喪，花几上也就沒人照管，幾枝菊花從秋而冬，最後僅賸殘枝數莖，在初春的冷雨裡黯然凋謝。之後花几就經常空了下來，隨著家裡裝潢格局的改變，有時挪來挪去，竟成礙手之器，隨後束諸高閣，爲塵所封。今年我新購居所，母親愼重地囑我搬走花几，我將它仔細擦拭一遍，深深爲它造型所迷，花几本原木色，但在歲月的洗滌下較爲深沉，木條隔板並不厚重，但卻相當堅固，即使沉重的大瓷盆也不會將它壓垮，整體線條簡潔而內斂，修飾的弧線使它不失呆板，如彬彬有禮的君子，無論什麼盆栽都能在上面展現獨特風姿，並帶著一股沉靜的氣息。

現在，它在我新居客廳的一角，上面放著一株小小的茶花，希望能在春天來臨時開出花朵，然外祖手跡中，有一首詩卻說：「都是素心人耐靜，要參清寂不知妍」，在種花賞花之餘，我漸漸了解，人間的繁華不過瞬息，我們因爲耽於表面的妍麗而經常牽掛得失，但眞正的永恆，其實來自於這些繁華背後的清空與寂寥，花開花謝並不是無常，而是天地間的另一種情深。於是當我面對几上叢叢碧葉，似乎也眞感受到了一種曠遠寧靜的懷抱。

這花几印象中本是一對，但現在另一隻不曉得何處去了。我偶爾擦拭几上的灰土，就像是拂去歲月，或是心靈上的微微塵埃。

一對瓷瓶

魯迅老先生的小文章機警深刻，指掌之間圓轉如意而往往深懾人心。最近重讀了他在民國二十二年十月發表在《現代月刊》上一篇重要的藝文作品：〈小品文的危機〉，又再一次爲他熱腸冷面的戰士情懷給深深打動。不過，魯文中所提到的「小擺設」，卻讓我想起了几案上的一對小瓷瓶，這是外祖的遺物，而我一直珍惜著它們，成爲家中一角冷然的風景。雖然魯老先生對於這種「小擺設」情懷很是反對。

這一對小瓷瓶距離魯老先生所責備的「清玩」之流頗有不同，兩只高約五吋的小花瓶，寬口膽形，灰白底色，墨綠滾邊，最美麗的地方是它浮雕了四朵紅藍色的瓷花在瓶身上，十分樸拙可愛，然其瓷非上等，工屬平凡，看得出來它們並非手出名家，亦不屬宮廷珍玩，絲毫沒有經濟上的意義，倒是有點兒像幼時夜市場上供人套圈圈的獎品，但整體造形又別出心裁，巴洛克式的扁寬瓶口與小小提手，很像縮小了的西洋畫中仙女汲水的器具，瓶口、瓶身與底座比例融洽，很舒服地站立在匆促的歲月裡，這種品味，顯又不是一般庸匠能夠。雖然這對瓷瓶歐式造型，但我以爲很有中國文人藝術的趣味，它們所傳達的不是追求工藝技術的絕對完美，而是一種陶然自適的安閒，無論擺在妝鏡前、書桌上、几枰間，都有其不同風味；而無論插或不插花，都不失去那簡單的順眼，深深的喜悅。

我不知道外祖從何得到這有趣可愛的「小擺設」。

外祖性格天眞，生活風雅，吟詩寫字，生活得很有趣味，流連光景但也好學不倦，七八十歲時還經常把英文單字抄在小本子上，許多本子都是滿滿的。他的書齋叫「松麓樓」，對幼年的我來說神秘又有趣，寬大的書案上有一盞藍色馬匹的西式檯燈，兩方沉重的青玉紙鎭，好幾個小瓷罈，有些裡面是迴紋針、郵票與朱紅印泥，其中有一個貯滿蜜漬的黑棗，又甜又香。案上有時是一封未完的信，一首即興的詩：「故國遙瞻雲蔽日，人生眞似浪淘沙」，有時打開至某頁的厚書，抄到一半的英文單字片語，整整齊齊，在主人沒有回來之前也一絲不苟。那樣的世界像是小香爐裡緩緩上升的沉香，遙遠迷濛間卻可以清楚地感覺到某種人生況味。

而一對小瓷瓶大多數時候是空著的，現在也是如此。

我的斗室狹小凌亂，妻子幫我整理清爽不到三天又讓我給堆滿了，這樣的雜蕪其實也正是生活的寫照，抄在紙頭上的電話號碼永遠也想不起來是誰留的，磁碟片、利貼、講義、課本總難在原位待命，奔忙的日子裡，有時我會想到「松麓樓」裡那種雍容閑雅的秩序與氣度，像一棵長在鬧市的老榕那樣不慌不忙地在春天新綠，在秋夜零落。有時我埋首電腦苦思文句時會望向那小小的瓷瓶，似乎聽見瓶肚中向天地吐納的韻律，這就像是魯迅老先生在文中所說的：「這種境地，現在卻已經被世界的險惡的潮流沖得七顛八倒，像狂濤中的小船似的了」。

我們正在失去一種觀點、一種意境、一種人生的態度與一種處世的情懷，一種美。一對小小的瓷瓶素淨而自在地立在那裡，偶爾提醒我人生不能沒有的某些追求，它們不是「小擺設」，魯迅老先生最最反對的那種。

客廳裡的主宰

我從小就住在小公寓裡，我媽最得意的一句話，就是對客人指著我說，「他幾歲，這間房子就幾年了」，好像我和房子是孿生兄弟一樣，公寓房子一住三十年，最近終於有了改變，結婚後，和妻子另外租賃了一棟公寓，我小心地詢問年邁的房東這房子的屋齡，房東很得意地說：「我兒子幾歲，這房子就幾年了」，我瞧了瞧那位年近不惑的先生，連聲稱讚他們房子保養得眞好。

我的「新家」其實眞的不錯，四面有窗，採光一流，加上交通便利，租金也合理，我和妻子就歡歡喜喜地布置了起來，有時打掃完畢，環顧窗明几淨的家，回想起以前學生時代蝸居的小閣樓，心中眞有說不出的喜悅。不過凡事總不可能完美，我們的小屋，只是一棟四層的公寓，四周林立著參天巨廈，所以我們即使在樓頂安裝了一排彩色的魚骨頭，電視節目也只隱約看見台視，中視與華視一是有聲無影，一是付之闕如，有經驗的鄰居說非得牽第四台不可。

我們詢問了里長，打了電話，比較了幾家公司，第四台半年的費用對我們來說可不是一筆小數目，斟酌再三，我們決定暫時擺脫文明的牽擾，聲光的誘惑，過著沒有電視的生活。

不看電視，其實沒什麼大不了的，反而有更多的時間看書、聽音樂或做些其他活動，我那好心的小姨子，抽獎抽來暫時「寄放」我們家的電視機，成了我們客廳最大的一個擺設，以前我們整天盯著它看的時候，並不覺得它的存在，倒是現在，變成它盯著我們，一舉一動都在那灰黑色的大眼睛中一清二楚，總是令人覺得怪怪的，好像有一隻天眼隨時覷著我們，教我不欺暗室。因此我得到了一個結論：以前存在主義的哲學家說：「存在先於本質而創造之」，現在我必須修正：「存在處於本質喪失之末，而且無法再生之。」

聰明的妻子在電視上放了一塊花布，又擺了一些我們的結婚照，這隻大眼睛才不那麼固執地窺探我們的生活，只是有時茶餘飯後，突然相顧無言，總有些莫以名之的失落感與悵然。

我們都是被「制約」的一代吧！

我生長在「小飛俠」與「小甜甜」的年代，套一句現在流行的話，就是六年級的前段班吧，晚餐時間總與卡通時間重疊，那時的卡通畫技也許不如現下，但情節之幽曲，涵意之豐富，又哪裡是現在各家所能匹比？眞是邊喫邊看雖然讓我消化不良，但現在一有人唱起「飛呀！飛呀！小飛俠……」，或是「有一個女孩叫甜甜……」我的唾腺便不由自主地開始分泌，「卡通」——「喫飯」這種波多洛夫式的訓練，我懷疑是電視公司一個可怕的陰謀，讓全國兒童的潛意識裡，埋下食物與電視節目兩者不可分離的印象，利用生物的本能反應來完成電視王國一代又一代的統治，可惜我覺悟此點甚晚，因此不知不覺中，也被他們給「制約」了。

《咪咪流浪記》、《恐龍救生隊》、《太空突擊隊》佔據了我小學時代的晚餐光陰，那時熱烈推廣「爸爸回家喫晚飯」運動，好像對我沒什麼影響，「梅花餐」運動也沒減低我邊喫邊看的興致，倒是小學課本中有一課〈寫信給電視台〉，激起了我智慧的火花，那一課不知是哪一位先生的大作，內容是一位小學生寫信抗議電視台停播了《動物世界》而改播放卡通《太空戰士》，這種背離民意基礎的杜撰在班上引起了一陣譁然，沒有人相信會有這種「不上道」的同學，不過這封信卻給了我另一個想法，我也想寫信給電視台，請他們重播《靈犬雪麗》最後一集，因爲那天我們家去喫喜酒，讓我與這部賺人熱淚的完結篇失之交臂，成爲童年的一個缺口，一個有待彌補的創傷。

這個「創傷」不知是否影響我現在對流浪狗總有一絲歉疚的心理，不過許多專家學者都認爲青少年時期是人生的一個關鍵，我的人生很可能也是在這時被改變的，因爲就在我徬徨少年之際，楚留香來了。

「湖海洗我胸襟」的楚留香飄然降臨我家客廳，一襲長衫，一柄摺扇，集風流與瀟灑、至情與至性於一身，那翩翩身影立刻佔據了我全部的心靈，當沈慧珊挺身而出洗刷香帥的不白之冤，卻遭到無花和尙的暗算而身亡，全國軍民悲憤之餘，不禁流下數行熱淚，是的，愛情必須淒美，英雄自古孤寂，人生總有太多的無奈與感傷，於是我也開始多愁善感，不時幻想自己背負許多冤屈，藏有許多不爲人知的秘密心事，我想起了法國大導演路易・馬盧的電影《童年再見》，我純眞快樂的童年就這樣千山我獨行，不必相送……。

纔與香帥作揖告別，聯考的壓力接踵而至，一台小小的電視，卻仍舊主宰著整個客廳的悲喜，我的父母並沒有因爲《天才老爹》而改變對我們的管教方式，不過我卻因爲《洛城法網》而崇拜律師這行業，當然，後來又因爲「馬蓋先」而覺得科學無所不能，彼時瓊瑤女士由大銀幕轉向小螢幕，煙雨濛濛灑得全家淚如雨下，庭院深深深得每個人柔腸寸斷，就這樣一路走來，眞是目不暇給，現在想想，我們一家人眞是太純情了，這麼輕易地就被簡單的劇情騙倒，將淚水毫無保留地獻給了電視台，一點抵抗力都沒有。只有父親總是十分清醒，無論大家怎麼抹眼淚，擤鼻涕，他總是冷冷丟下一句：「演戲的是瘋子，看戲的是傻子」來破壞大家的氣氛，好比是國劇中「疏離」觀衆情緒的效果。不過，電視還是能讓一個人失去理智的，那年亞洲盃籃球賽的轉播，中華隊朱志清最後一秒兩罰不進，父親那個「難得糊塗」

蔘茶杯就這樣「難得糊塗」地報銷了，眞是造化弄人，第二天對韓國最後一秒又是朱志淸罰球，所幸上天保佑，進了一個，我們家的客廳才沒釀成更大的災害。

有時與妻子討論，發現她的成長經驗也大致如此，比方說我的岳母大人以前最擔心她沉迷港劇而功課荒廢，這眞是與我心有戚戚，好像當時台灣的每個家庭都會面臨這「港劇危機」，不知是戲劇的魅力太大，還是維繫社會的倫常太過脆弱，父母的權威、升學的壓力與同儕間的關係，都因爲幾齣港劇而微妙互動著，眞是牽一髮而動全身，證明了電視的影響力是如此深入每一個家庭。這些大喜大悲的劇情片，也爲當時所有觀衆的心靈譜織一段沒有階級，不分族群的人生夢想，而我們就在這些夢想裡長成思想赤貧的「主人翁」，所以我有一位已四十多歲的同事，自稱看了十幾遍《愛情白皮書》，而且「每一次都哭了」，另一位則是《HERO》迷，這並不奇怪，就是那個年代的電視教育嘛！

前些日子參與了一些教育工作者的會談，一位鬢有二毛的老者慷慨陳詞，認爲國民教育應該培養國家未來的主人翁全體一致的價值感，與相互理解的認同關係，我眞想告訴他，我們的電視台，從來就潛移了我們的價值，默化了我們的想像，只要每天晚上看兩個鐘頭的電視節目，人人的想法必然接近，互相了解的也快，舉例而言，如果你從小就是一個忠實的電視迷，你一定知道「壞壞壞連三壞」是哪一位體育主播的專有術語，此時你的心中，一定接著會響起「香港腳香港腳癢又癢」的旋律，而那個年代的悲歡，也會在你胸口澎然升起，迅速漫生為一股共通的鄉愁，這就好像某個地下幫會的神秘切口，隨時提醒你來自同一個歸屬的相互倚賴與絕對忠誠。

即使我聯考失敗一半的原因歸咎於電視，但我們家的客廳與全國大多數的家庭一樣，繼續被電視主宰往後的幾十年。

據說從一個客廳的「中心」擺設，便能推斷這家人行為模式，譬如以祖宗牌位為中心，這家人一定是慎終追遠的古意人，如果以書架為中心，那麼一定是手不釋卷的書香世家，如果以麻將桌為中心……我觀察了一番，在我的朋友鄰居中，絕大多數都是以電視機為中心，從沙發的角度，從燈光的設計，電視儼然在每個家庭中南面而王，每個人一坐下來，只有北面稱臣的份了。無怪乎現下許多青少年的第一志願多半是當「藝人」，這些附電視節目之驥尾而達千里的「藝人」們，因幾條歌而家喻戶曉，因一部戲而「走紅」，享有「知名度」，在各種重要，或輕鬆的場合唱唱跳跳，也幾乎可以算是一種聞達於諸侯了，對於這輩子循規蹈矩，卻注定是要身沒而名不顯的我而言，眞是情何以堪？有人說電視是二十世紀最偉大的發明，我深有同感，電視伴隨了成長，豐富了人生，推動了經濟，還造就了風潮，試想人類文明中何者能夠比擬或超越？

不過世事總是難以逆料，許多想當然耳的因果關係，在現實裡有時並不如此。當電視節目突破了只有三台的限制，從「事不過三」到「百家爭鳴」，以經濟學的理論，更多的選擇，代表更大的自由，應會帶給消費者更高的享受，但事實卻正好相反。

進入了有線時代後，電視節目似乎每個都差不多，不再像《保鑣》或是《星星知我心》那麼引人入勝，讓人非看不可欲罷不能。從第三台的股市頻道，到百台的宗教節目，整個晚上，電視就是一個循環往復的修羅場，人人深陷其中無法自拔，眞不知是我們遙控電視，還是電視遙控人類？不斷切來換去的結果，沒有一個節目能被完整地看完，支離破碎地接受了一堆無用的訊息，奇怪的是明天若有人談起《世間路》云云，我竟也還能發表些「高見」，人類舉一反三的能力眞是驚人，每個虛度良夜的電視迷其實都是最優秀的編劇。

但這時看電視幾乎已不是享受，而是殺去時間耗盡生命的惟一形態，沉淪在沙發裡，用一根手指頭撥弄整個世界，心靈的疲倦度漸漸趕上肉體，這是每天的結束，也是另一個明天開始，那些跳動而滾燙的聲光，像一台無敵的碎紙機，隨時等候著，磨碎那些多餘的、用賸的生命。

我們的電視文化也可以由多方面來觀察，早年決定看什麼頻道的多半是父親，家長制的權威便展現在此，但近來這項大權顯然是旁落在子女手中，這不知與解嚴，或是髮禁開放有沒有關，不過可以確定的是，如果一個父親堅持取回這個權力，那麼在客廳裡，便會立刻展開關於民主自由與人權的對話，其中可能還包括經濟制裁等相關討論，如果談判破裂，這個年代也不會有靜坐絕食或是引發革命的可能，多半是子女們各自在房間中擁機自重，成爲割據一方的小諸侯，自己買來電視，牽進第四台，然後陶然於操控權力的快感中，不時發出巨大的笑聲，把所有的寂寞，留給獨自坐在客廳的周天子，讓他慢慢品味那日落西山的帝國權威，啊！荒涼的夜晚，這是不是國民年所得超過一萬兩仟美元的必然現象呢？或者我們可以再做一個經濟上的觀察，當一個從事「家管」二十餘年的沉默母親，有一天突然大方地幫兒子買了名牌球鞋幫女兒買了全套保養品，幫先生買了高級POLO衫，那麼她就有權力命令他們犧牲一切，一起觀賞非凡二台的某某老師股市解盤，而且不得異議，不得有偷偷轉台的行爲與念頭，而且必須有母親以外的人去切水果。資本主義下的民主，竟完成了各盡其能各取所需的烏托邦想像，世事無常，怎能令人不驚嘆呢？

很多人會感嘆這種功利主義下的民風澆薄，於是便會透過電視，來譴責電視的種種敗德行徑，在這裡，我們必須先尊敬電視的無私無我，然後再來感傷人類的愚騃與虛僞。

其實，在緬懷逝去的與追想未來的同時，我們的電視早已出乎想像地成就了一項最公平的原則，無論你選擇的是《星海羅盤》還是「三立」，無論現下佔據你家客廳的是「大愛」還是「迪士尼」，其實，電視所提供的人生意義是完全一致的，雖然用來傳遞這訊息的符碼不盡雷同，但電視節目所虛擬建構的，就是人類對於世界的原始想像，一種可以讓自己膨脹的後現代藝術（或技術）。一如上帝窺探他的子民，我們也在電視中，欣賞我們自己經營擘畫的聲光宇宙，以及輕易顛覆這宇宙的超能力，電視爲我們盜竊了神才有的，創造並駕御世界的權力快感。所以我們不必以此非彼，或是評判頻道間水準孰高孰低，每一個節目都是我們集體妄想的一部分，在生命裡只有看與不看的分別，而不存在看什麼的差異。

因此電視總體就是那通天的巴別塔，人類在上帝的阻撓下，花了幾萬年的光陰終於還是建造完成。走進這座聲光之塔，時間與歷史變得破碎而沒有意義，惟一存在的，是人類與上帝等高的夢想。所以我總是幻想，地球上有一個超級巨大的天線，接收著來自天國的夢境，並轉化成各種不同的聲音與形象，出現在每一家客廳的電視裡，而那也將成爲所有凡間的夢。

自從沒有電視可看，我與妻似乎也不太作夢了，我在大街小巷穿梭，希望能用勞苦換回做夢的權利，那天，一位售屋小姐爲我講述了一個從電視裡學來的幸福定義，於是我晚上竟做了個極有深意的夢：我和妻子愼重地移開電視機上的照片，掀開花布，按下電源，節目開始了，好興奮啊，可以看電視了，我們的電視有億萬個頻道，但每個頻道所播出的，都是小時候節目開演前，那完全靜止的各種色條，中間有一個電子鐘跑過分分秒秒，於是我們就坐在客廳裡，和許多人一樣，以一生的所有夜晚，一頁一頁地尋找，並且看完它們。

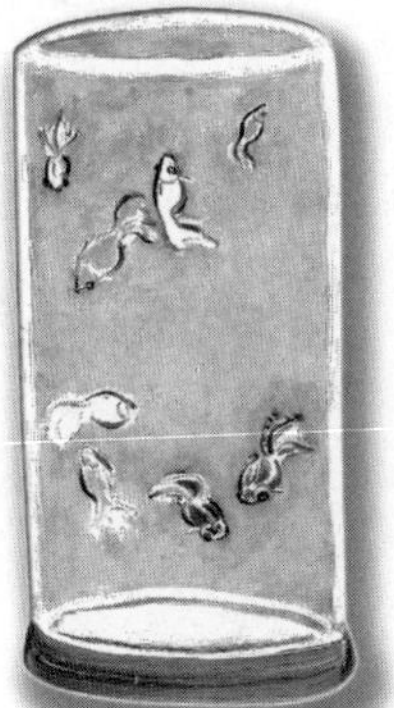

第二輯。飲饌之間

第九味

我的父親常說：「喫是爲己，穿是爲人。」這話有時想來的確有些意思，喫在肚裡長在身上，自是一點肥不了別人；但穿在身上，漂亮一番，往往取悅了別人而折騰了自己。父親作菜時這麼說，喫菜時這麼說，看我們穿新衣時也這麼說，我一度以爲這是父親的人生體會，但後來才知道我的父親並不是這個哲學的始作俑者，而是當時我們「健樂園」大廚曾先生的口頭禪。

一般我們對於廚房裡的師傅多稱呼某廚，如劉廚王廚之類，老一輩或矮一輩的幫手則以老李小張稱之，惟獨曾先生大家都喊聲「先生」，這是一種尊敬，有別於一般廚房裡的人物。

曾先生矮，但矮得很精神，頭髮已略花白而眼角無一絲皺紋，從來也看不出曾先生有多大歲數。我從未見過曾先生穿著一般廚師的圍裙高帽，天熱時他只是一件麻紗水青斜衫，冬寒時經常是月白長袍，乾乾淨淨，不染一般膳房的油膩腌臢，不識他的人看他一臉清癯，而眉眼間總帶著一股凜然之色，恐怕以爲他是個不世出的畫家詩人之類，或是笑傲世事的某某教授之流。

曾先生從不動手作菜，只喫菜，即使再怎麼忙，曾先生都是一派閒氣地坐在櫃檯後讀他的《中央日報》，據說他酷愛唐魯孫先生的文章，雖然門派不同（曾先生是湘川菜而唐魯孫屬北方口味兒），但曾先生說：「天下的喫到底都是一個樣的，不過是一根舌頭九樣味。」那時我年方十歲，不喜讀書，從來就在廚房竄進竄出，我只知酸甜苦辣鹹澀腥沖八味，至於第九味，曾先生說：「小子你才幾歲就想嘗遍天下，滾你的蛋去。」據父親說，曾先生是花了大錢請了人物套交情才聘來的，否則當時「健樂園」怎能高過「新愛群」一個級等呢？花錢請人來光喫而不做事，我怎麼看都是不合算的。

我從小命好，有得喫。

母親的手藝絕佳，比如包粽子吧！不過就是醬油糯米加豬肉，我小學莊老師的婆婆就是一口氣多喫了兩個送去醫院的，老師打電話來問秘訣，母親想了半天，說：竹葉兩張要一青一黃，醬油須拌勻，豬肉不可太肥太瘦，蒸完要瀝乾……如果這也算「秘訣」。

但父親對母親的廚藝是鄙薄的，母親是浙江人，我們家有道經常上桌的家常菜，名曰：

「冬瓜蒸火腿」，作法極簡，將火腿（台灣多以家鄉肉替代）切成薄片，冬瓜取中段一截，削皮後切成梯形塊，一塊冬瓜一片火腿放好，蒸熟即可食。需知此菜的奧妙在於蒸熟的過程冬瓜會吸乾火腿之蜜汁，所以上桌後火腿已淡乎寡味，而冬瓜則具有瓜蔬的清苦之風與火腿的華貴之氣，心軟邊硬，汁甜而不膩，令人傾倒。但父親總嫌母親切菜時肉片厚薄不一，瓜塊大小不勻，因此味道上有些太濃而有些太淡，只能「湊合湊合」。父親在買菜切菜炒菜調味上頗有功夫，一片冬瓜切得硬是像量角器般精準，這刀工自是大有來頭，因與本文無關暫且按下不表，話說父親雖有一手絕藝，但每每感嘆他只是個「二廚」的料，眞正的大廚，只有曾先生。

稍具規模的餐廳都有大廚，有些名氣高的廚師身兼數家「大廚」，謂之「通灶」，曾先生不是「通灶」，但絕不表示他名氣不高。「健樂園」的席有分數種價位，凡是掛曾先生排席的，往往要貴上許多。外行人常以爲曾先生排席就是請曾先生親自設計一道從冷盤到甜湯的筵席，其實大非，菜色與菜序排不排席誰來排席其實都是差不多的，差別只在上菜前曾先生是不是親口嘗過。從來我見曾先生都是一嘗即可，從來沒有打過回票，有時甚至只是看一眼就「派司」，有人以爲這只是個形式或是排場而已，這當然又是外行話了。

要知道在廚房經年累月的師傅，大多熟能生巧，經常喜歡苛扣菜色，中飽私囊，或是變些魔術，譬如鮑魚海參排翅之類，成色不同自有些價差，即使冬菇筍片大蒜，也是失之毫釐差之千里，而大廚的功用就是在此，他是一個餐廳信譽的保證，有大廚排席的菜色，廚師們便不敢裝神弄鬼，大廚的舌頭是老天賞來人間享口福的，禁不起一點假，你不要想瞞混過關，味精充雞湯，稍經察覺，即使你是國家鑑定的廚師也很難再立足廚界，從此江湖上沒了這號人物。有這層顧忌，曾先生的席便沒人敢滑頭，自是順利穩當。據父親說，現下的廚界十分混亂，那些「通灶」有時兼南北各地之大廚，一晚多少筵席，哪個人能如孫悟空分身千萬，所以一般餐廳多是馬馬虎虎，「湊合湊合」，言下有不勝唏噓之意。

曾先生和我有緣，這是掌杓的趙胖子說的。每回放學，我必往餐廳逛去，將書包往那幅金光閃閃的「樂遊園歌」下一丟，閃進廚房找喫的。這時的曾先生多半在看《中央日報》，經常有一香吉士果汁杯的高粱，早年白金龍算是好酒，曾先生的酒是自己帶的，他從不開餐廳的酒，不像趙胖子他們常常「乾喝」。

趙胖子喜歡叫曾先生「師父」，但曾先生從沒答理過。曾先生特愛和我講故事，說南道北，尤其半醉之際。曾先生嗜辣，說這是百味之王，正因爲是王者之味，所以他味不易親近，有些菜中酸甜鹹澀交雜，曾先生謂之「風塵味」，沒有意思。辣之於味最高最純，不與他味相混，是王者氣象，有君子自重之道在其中，曾先生說用辣宜猛，否則便是昏君庸主，綱紀凌遲，人人可欺，國焉有不亡之理？而甜則是后妃之味，最解辣，最怡人，如秋月春風，但用甜則尙淡，才是淑女之德，過膩之甜最令人反感，是露骨的諂媚。曾先生常對我講這些，我也似懂非懂，趙胖子他們則是在一旁暗笑，哥兒們幾歲懂些什麼呢？父親則抄抄寫寫地勤作筆記。

有一次父親問起鹹苦兩味之理，曾先生說道：鹹最俗而苦最高，常人日不可無鹹但苦不可兼日，況且苦味要等衆味散盡方才知覺，是味之隱逸者，如晚秋之菊，冬雪之梅，而鹹則最易化舌，入口便覺，看似最尋常不過，但很奇怪，鹹到極致反而是苦，所以尋常之中，往往有最不尋常之處，舊時王謝堂前燕，就看你怎麼嘗它，怎麼用它。

曾先生從不阻止父親作筆記，但他常說烹調之道要自出機杼，得於心而忘於形，記記筆記不過是紙上的工夫，與眞正的喫是不可同日而語的。

「健樂園」結束於民國七十年間，從此我們家再沒人談起喫的事，似乎有點兒感傷。

「健樂園」的結束與曾先生的離去有很密切的關係。

曾先生好賭，有時常一連幾天不見人影，有人說他去豪賭，有人說他去躲債，誰也不知道，但經常急死大家，許多次趙胖子私下建議父親曾先生似乎不大可靠，不如另請高明，但總被父親一句「刀三火五喫一生」給回絕，意謂刀工三年或可以成，而火候的精準則需時間稍長，但眞正能喫出眞味，非用一輩子去追求，不是一般遇得上的，父親對曾先生既敬且妒自不在話下。

據父親回憶，那回羅中將嫁女兒，「健樂園」與「新愛群」都想接下這筆生意，結果羅中將賣曾先生一個面子，點的是曾先生排的席，有百桌之餘，這在當時算是樁大生意，而羅中將又是同鄉名人，父親與趙胖子摩拳擦掌準備了一番，但曾先生當晚卻不見人影，一陣雞飛狗跳，本來父親要退羅中將的錢，但趙胖子硬說不可，一來沒有大廚排席的酒筵對羅中將面子上不好看，二來這筆錢數目實在不小，對當時已是危機重重的「健樂園」來說是救命仙丹，趙胖子發誓一定好好做，不會有差池。

這趙胖子莫看他一臉肥像，如彌勒轉世，論廚藝卻是博大精深，他縱橫廚界也有二三十年，是獨當一面的人物。那天看他油汗如雨，如八臂金鋼將鏟杓使得風雨不透。本來宴會進行得十分順利，一道一道菜流水般地上，就在最後關頭，羅中將半醺之際竟拿起酒杯，要敬曾先生一杯，場面一時僵住。事情揭穿後，羅中將鐵青著臉，鏦鐺一聲扔下酒杯，最後竟有點不歡而散。幾個月後「健樂園」都沒再接到大生意，衛生局又經常上門噪囉，清廉得不尋常。父親本不善經營，負債累累下終於宣布倒閉。

曾先生從那晚起沒有再出現過，那個月的薪俸也沒有拿，只留下半瓶白金龍高粱酒，被趙胖子砸了個稀爛。

長大後我問父親關於曾先生的事，父親說曾先生是湘鄉人，似乎是曾滌生家的遠親，與我們算是小同鄉，據說是清朝皇帝曾賞給曾滌生家一位廚子，這位御廚沒有兒子，將本事傳給了女婿，而這女婿，就是曾先生的師父了。對於這種稗官野史我只好將信將疑，不過父親說，要眞正喫過點好東西，才是當大廚的命，曾先生大約是有些背景的，而他自己一生窮苦，是命不如曾先生。父親又說：曾先生這種人，喫盡了天地精華，往往沒有好下場，不是帶著病根，就是有一門惡習。其實這些年來，父親一直知道曾先生在躲道上兄弟的債，沒得過一天好日子，所以父親說：平凡人有其平凡樂趣，自有其甘醇的眞味。

「健樂園」結束後，賠賠賣賣，父親只拿回來幾個帳房用的算盤，小學的珠算課我驚奇地發現我那上二下五的算盤與老師同學的大不相同，同學爭看我這酷似連續劇中武林高手用的奇門武器，但沒有人會打這種東西，我只好假裝上下各少一顆珠子地「湊合湊合」。

從學校畢業後，我被分發至澎湖當裝甲兵，在軍中我沉默寡言，朋友極少，放假又無親戚家可去，往往一個人在街上亂逛。有一回在文化中心看完了書報雜誌，正打算好喫一頓，轉入附近的巷子，一爿低矮的小店歪歪斜斜地寫著「九味牛肉麵」，我心中一動，進到店中，簡單的陳設與極少的幾種選擇，不禁使我有些失望，一個肥胖的女人幫我點單下麵後，自顧自的忙了起來，我這才發現暗暝的店中還有一桌有人，一個禿頭的老人沉浸在電視新聞的巨大聲量中，好熟悉的背影，尤其桌上一份《中央日報》，與那早已滿漬油水的唐魯孫的《天下味》，曾先生，我大聲喚了幾次，他都沒有回頭，「我們老闆姓吳」，胖女人端麵來的時候說。

「不！我姓曾。」曾先生在我面前坐下。

我們聊起了許多往事，曾先生依然精神，但眼角已有一些落寞與滄桑之感，滿身廚房的氣味，磨破的袖口油漬斑斑，想來常常抹桌下麵之類。

我們談到了喫，曾先生說：一般人好喫，但大多食之無味，要能粗辨味者，始可言喫，但眞正能入味之人，又不在乎喫了，像那些大和尙，一杯水也能喝出許多道理來。我指著招牌問他「九味」的意思，曾先生說：辣甜鹹苦是四主味，屬正；酸澀腥沖是四賓味，屬偏。偏不能勝正而賓不能奪主，主菜必以正味出之，而小菜則多偏味，是以好的筵席應以正奇相生而始，正奇相剋而終……突然我覺得彷彿又回到了「健樂園」的廚房，滿鼻子菜香酒香，爆肉的嗶啵聲，剁碎的篤篤聲，趙胖子在一旁暗笑，而父親正勤作筆記，我無端想起了「健樂園」穿堂口的一幅字：「樂遊古園崒森爽，煙綿碧草萋萋長。公子華筵勢最高，秦川對酒平如掌……」

那逝去的像流水，像雲煙，多少繁華的盛宴聚了又散散了又聚，多少人事在其中，而沒有一樣是留得住的。曾先生談興極好，用香吉士的果汁杯倒滿了白金龍，顫抖地舉起，我們的眼中都有了淚光，「卻憶年年人醉時，只今未醉已先悲」我記得〈樂遊園歌〉是這麼說的，我們一直喝到夜闌人靜。

之後幾個星期連上忙著裝備檢查，都沒放假，再次去找曾先生時門上貼了今日休息的紅紙，一直到我退伍。我知道我再也找不到他了，心中不免悃然。有時想想，那會是一個夢嗎？我對父親說起這件事，父親並沒有訝異的表情，只是淡淡地說：勞碌一生，沒人的時候急死，有人的時候忙死……我不懂這話在說什麼。

如今我重新拾起書本，覺得天地間充滿了學問，一啄一飲都是一種寬慰。有時我會翻出〈樂遊園歌〉吟哦一番，有時我會想起曾先生話中的趣味，曾先生一直沒有告訴我那第九味的眞義究竟是什麼，也許是連他自己也不清楚；也許是因爲他相信，我很快就會明白。

——本文獲文建會第三屆大專文學獎散文首獎

刀工

1

當年「健樂園」還在時，父親的刀工是沒有話說的。

一般而言，談喫之人喜言材料、火候與調味，很少研究刀工，這不是沒道理的。講材料，須見多而識廣，山珍海味，葷素醬料，博通者當世已是幾希，略知一二足可夸夸其談，是爲「權威」；論火候，則是以心傳心的獨門工夫，要有天份纔可領悟其中意境，像禪趣機鋒，最爲引人入勝；論調味，則是魔術師之流的綜藝節目，趣味有餘但內涵不足，不過觀衆最多，當年我們「健樂園」的大廚曾先生最不屑此道，他說「味味有根，本無調理」，味要

「入」而不能「調」，能入才是眞，調，就是假了。材料、火候與調味，在烹煮時自是有其天地玄黃，發爲文字也飽藏餘韻，但刀工，實是一門易學難精，永無止境的庖膳功課。

2

刀工雖然被視爲雕蟲末技，但自古也有其承傳，基本上，以用刀的順序來說，廚刀有陽刀與陰刀之分，陽刀宰殺活的禽畜，而陰刀則割分已宰殺完成的食材，接著又有生刀與熟刀之別，生刀切批上砧而未煮之物，而熟刀則分剖已熟之菜。這在傳統社會頗有一些禁忌，譬如《論語·鄉黨》篇中便記錄孔子「割不正，不食」，一般人妄解切割得不方正，孔夫子便不喫，其實大非，「割不正」者，乃肢解獸體未依禮法，其實就是刀具不對，庖人用了血釁的刀具來分割食材，孔子便不忍下嚥，善哉此心！仁者家風所遺，故孟子見齊宣王才說：「見其生不忍見其死，聞其聲不忍食其肉，是以君子遠庖廚」。以今日的科學來看，這些區別實乃以衛生條件做爲出發，陰陽熟生不分最易傳播細菌，引起中毒，古人不明所以，只以鬼祟言之，試看今日，不也強調生食熟食宜用不同的刀叉甚至砧板？生熟刀中若再細分，其用途又有文刀武刀，文刀或稱批刀，料理無骨肉與蔬果；武刀則又稱斬刀，專門對付帶骨或特硬之物，現今家常多備一柄文武刀，前批後斬，利索痛快，惟無法處理大型物件，是爲一憾。另有專家用的馬頭刀、三尖刀等，今已少見，暫且按下不表。前日見報載，某青少年持西瓜刀飆車砍人，其實並無所謂「西瓜刀」之流，此類刀具應稱燒刀，柄薄背厚，只砍不刺，鋒不甚利，但因其沉重，故入物極深，切西瓜自是得心應手，砍人則不免過於兇殘矣。

一柄良刀未必能造就一位良廚，但一位良廚，則定有一柄寶刀。

刀會認生，故在廚中，絕無借刀之事，輕則大小方圓不勻，花丁不碎，重則斷指傷人，諸多恐怖的傳說在廚中繪聲繪影，刀的形象似乎趨向惡邪一端，其實父親說：刀本無心，是用者多心而已。

一柄好刀，包括質材與設計兩大部分，兩相得宜，纔好入手。

刀不宜純鋼，需入以其他金屬，如鎢，否則鋒易鈍缺，古人「輕用其鋒」之說便是製刀技術不發達時的一個見解，今日科技下的好刀愈用愈快，不必常磨。刀柄與刀身的比例因人而異，重量亦因用途與膂力有所不同，但要能與手掌曲線契合，稍重爲佳。若以力道而言，父親說：「殺雞用牛刀未嘗不可，但殺牛卻無用雞刀的可能，大才可以小用，但小才卻萬不能大用。」話中似有無限感慨。

3

常人切割，能夠整齊利落就算及格，至於刀法則略通砍剁劃拍等常法即已無礙於色味，但要做爲廚師，什麼材料用什麼的刀工，卻要花些時間琢磨，不過三五年也可出師，但眞正要得到其中精髓，非用一生來追尋，其中還要有名師指點，方可完全。

當年在「健樂園」，二廚趙胖子的刀法可算一流，他身廣體盤，膂力驚人，使一柄沉甸的馬頭刀，刀腰沾著一抹烏沉的油漬，大骨之類在他手中往往一鎚定音，無可置喙，再細小的蔥頭薑絲，也在他肥糯糯的指掌間燦然生華，在刀工裡頗有「通幽」之緻，但他自言刀工不及父親，並非謙讓。

父親用刀不急不徐，但準確無比，手中食物愈切愈小，可還是一絲不苟，直到最後一刀，但這只是入門而已，一般烹飪多是下鍋前即切剁完畢，但有些菜餚須要一體入鍋，待煲熟後才行分割，這種菜最見刀工，其中有許多名堂，如一刀瀝魚脊，只用一劃，即將整條魚骨連魚頭取出，既不扶折，也不留刺，又如分全雞，一罈烏骨雞要在席上半分鐘內分割完畢，罈小雞肥，要能宛轉間肉骨截然，湯水不出，要靠點眞工夫。

父親用刀，除了講究力通腕指、氣貫刃尖與專心致志等泛論之外，對於一把刀的發揮，也有過人之處，如一般人較少用到的後尖，甚至柄梢，父親都能開發其中的奧妙，在許多重要場合派上用場。如前述「一刀瀝魚脊」，厲害的就是刀後尖的運用，料理時後分前挑，一刀兩式，一明一暗，不知其中巧手者眞是嘆爲觀止，又譬如殺鰻，多數廚子用摔昏法，有時魚未死而腦已碎，血汁一濁，肉質即有變酸硬之虞；但父親的功夫就在刀柄，往魚兩眼間輕輕一頓，再大的魚也立刻翻眼昏厥，再反手一揮，皮骨開矣。

有回在「健樂園」，酒餘飯後，論起食道，父親說：古代名庖中，取材調味以殺子入菜的易牙排第一，論刀工則屬莊子筆下的無名庖丁，庖丁善解牛的關鍵是「以神遇而不以目視」，這話說穿了並不特別，只是庖丁對於獸類的筋骨結構比一般人了解更多而已，可能是早先研究過牛隻的生理構造，有點像西方文藝復興時代的繪畫，對於人體的肌肉、骨骼了解透澈，所以畫作中的肢幹比例、細部表情能更準確而栩栩如生。故這位「科技領先當時一步」的庖丁刀法，恐怕未必有傳說中的神奇。

自「健樂園」風流雲散之後，父親絕少下廚，現已茹素多年，再也不碰刀具，連這一手技藝也不肯覓尋傳人，每天但鈔讀陶詩、心經而已，「能喫就好，何必不厭精細」是父親現下的名言。倒是趙胖子南下自立門戶，在高雄闖出了一些名堂。前年趙胖子七十大壽，親披圍裙做了幾樣，自言是晚年的心境神味，父親因病不克前往，命我送對聯一幅，席上展開，寫的是：「心猶未死杯中物，春不能朱鏡裡顏」，趙胖子對龍飛鳳舞的字句飲盡三大白，流下淚來。

4

那回飯後，趙胖子微醺之際說出了父親刀藝的來由。

父親藝業頗有傳奇色彩，父親少年從軍，一直從事文職的工作，據說與寫的一手好字有關，父親字學顏柳正宗，又自出機杼寫成行草，他的解釋是在鄉下寫紅白練出來的，還曾得意的說于老的字也不過如此。來台後，因代步方便，花了參拾元購置二手腳踏車一輛，經常在營區附近老王處修理，這老王不知何許人也，因為來台時遺失了身分證，一直被懷疑是匪諜，謀職無門，只靠修車為業，一年春節，父親在營區寫春聯，因為紙多，一時收不了手多寫了兩幅，無處懸掛，遂轉贈給老王，老王感動之餘，竟說要「切個菜給父親瞧瞧」，硬拉著父親到他的「廚房」，其實只是個違章建築的矮棚，取刀一柄，砧一張，紅白蘿蔔冬筍各一枚，夾心肉一方，二話不說，篤篤篤地開始動手。

那天黃昏，趙胖子回憶，父親失神落魄回到營區，本來兩人約好要去喫涮羊肉，但父親推說頭痛不去，第二天伙房的老楊神秘兮兮地到處對人說，那個劉少尉眞是深藏不露，幾下就把全營的菜都切好，刀法之奇，他幹伙房幾十年也還沒這本領呢！

5

這個故事我猜八成是假，不是趙胖子誆我，就是醉後胡言，但向父親求證的結果，父親無可無不可地默認了，但他意味深長地說：「子獨不見貍牲乎，東西跳梁，不避高下，中於機辟，死於網罟……」

我不明白他們在說什麼。

父親一生失意，經營事業幾度成敗，其中尤以「健樂園」的轉讓令其最爲痛心，那是他一生的冀望所繫，但近來父親對這事卻有了不同的解釋，認爲「健樂園」的失敗反而是他人生境界的一次拓展，是一種福緣。

早年曾聽父親自論刀法，父親尙在得意之時，說其刀法有三大奧妙，一是意在刀先，要有靈感才好切菜；二是馬步需穩，如此浮沉二力方能施展；三是聽聲辨位，斷定材料的內部結構才好施力。初聽之際，以爲父親是武俠小說看多走火入魔了，但親自下廚時才漸漸體會出話中之理。我求學台中之時，經常在一家香港燒臘店中用餐，那香港老闆刀工極好，叉燒肉片薄如信紙，我暗中觀察其用刀，發現他以左手持刀，右手拿菜找錢之時，左手不忘用刀背輕輕在砧板上敲出一種節奏，這是一種不讓靈感「跑調」的方法，而他切菜，雙膝微屈，兩足不丁不八，愈細的刀工，雙胯越開，父親說這是沉氣於踵，使浮力於鋒線的刀法，市井之中，自有奇人，這是不消說的。

中年以後，父親更執著於刀工的鑽研，此時他最得意的是發現了均勻吐納與刀工的關係，他常對友朋推廣，既可切好菜，又可健好身，但一般人常聞言大笑，多當他是瘋子看待，爲此父親受到不少打擊，從此自己默默「練功」，不再對任何人提起這套「切菜內丹」。尤其後來事業失敗，這門絕技也就無疾而終了。

晚年父親不再提刀，只寫書法，字中一派圓潤祥和，甚至近於綿軟，不像是殺生無數的人所手書，有一回父親擲筆浩嘆：「我的刀法從字中來，還是要回到字裡去」。我仔細回憶父親用刀，並揣摩了他的書法，這才了解父親用刀的技藝，「老王」可能是個神靈啓蒙，而眞正的老師，恐怕就是那些人生的風霜，與積疊成簍的唐碑晉帖吧！

6

父親病後，我們極少閒談，沉默反而成爲我們之間相互習慣的一種語言。

有一次我偶爾說起他用刀之神，希望能喚起他對往日美好的記憶，但父親只平淡地說：「若非我困於刀工，可能早是大廚了，刀工刀工，終究還是個工！」我明白父親的不甘，當時在「健樂園」，父親似乎只能切菜，我猜他有更多的想望，但都被他那獨步當世的絕藝所埋沒了，如果沒有這項絕藝……無怪乎他發展出各種玄虛刀工理論，其實都是一種情感的轉移而已。

回想這些年，父親教我寫字，卻不督促我勤練；教我奕棋，卻不鼓勵我晉段；教我廚藝，卻不准我拜師……，讓我在每件事上，都是一個初入門庭的半調子，一個略知一二的旁觀者，最後他寫給我的一張字是「君子不器」，那時秋夜已深，父親望向庭中那株痀瘻老樹，月明星稀，風動鱗甲，久久不能言語。

如今我幾乎不到廚房，免得一些不必要的感傷，成爲一個眞正遠庖廚的君子。我重新拾起書本，發現了其中腴沃的另一種滋味，偶爾可以嘗出哪些文章是經過熬燉，哪些詩是快炒而成，有時我甚至猜想，某作者應該嗜辣，如東坡；某個作者可能尙甜，如秦觀；至於父親晚年最敬仰的淵明，執著的一定是一種近於無味的苦；而刀工最好的必屬黃庭堅，因爲他的字那麼率眞而落拓，因爲他的詩，父親晚年鈔了許多。

我經常思索父親的哲理，但並沒有成爲我人生的指導，有時我會沉溺在某種深邃裡而感到迷惘；但有時則在其中，找到一種眞正樸實的喜悅與寧靜。

——本文獲第廿三屆時報文學獎散文第二名

食髓

「老病已全惟欠死，貪嗔雖斷尚餘癡」，這句詩寫在略顯泛黃的梅花喜神箋上，蒼寒的筆力彷彿暮冬的一劍蘭葉，隱約指向遲來的春意。我將它夾藏在書頁中，有時打開，默然良久。人生總在羈絆與解脫中度過，對於有形的，對於無形的，究竟有沒有人能全然絕斷於人間的執著之外？有時清高反而類近於假相，太過入世又不免沾惹塵埃，人生總在矛盾中找尋自己，我想起了一無牽掛的周師傅，在晚年留下了這本薄書，像是一種人生的軌跡，或是一種遺憾。我翻閱了無數次，對其中的每一道菜，幾能領略周師傅的經營苦心，但我始終沒有將它們形諸於現實，對於味覺，似乎現在的一切計較都已是多餘的，只有這兩句詩，讓我有不盡的追想。

大凡人之口欲，莫不嗜鮮好腴，針對此點，廚中對於增益食物味色的豐厚莫不卯足全勁，而所謂：「十斤青菜不如一兩瘦肉」，這口感升級的淺知近理在我們廚中沒人不知曉，要色香味俱全，總不免要加些肉末湯汁，姑且不論以火腿豬腳鮑魚等調製濃羹以膾魚翅的精細做法，即使一碗二十五元的擔仔麵，也憑那麵垛上的一尾鮮蝦來點鐵成金，但我們廚裡的周師傅總說：「肉食者鄙」，凡滋味中眞正的精華，全在骨中。

周師傅的話是有點道理，但還要細加推敲。在諸種骨中，獸骨最混濁，故豬牛羊骨，只可做爲湯頭，趁搭蓮藕、鮮菇與豆腐之類清逸之物，配以粉絲麵條亦有滑潤助食之功，比起純肉類的油膩堪稱猶勝一籌，故一般火鍋店家多以豬大骨熬高湯，近起之日式麵館似亦頗講究此法，對此周師傅頗不以爲然，他說：「獸骨鮮味強烈，入口即有震懾，但不易雋永，其回味遠在禽骨之下。」故當時周師父熬湯底多用雞骨，大家戲之曰：「雞肋大廚」，言下頗有輕視之意，其實「雞肋」於味，大家只見其「食之無味」的一面，卻無視於它那「棄之可惜」的後勁，周師傅能用他人所不用者，當是見解獨到。

凡菜貴有回味，如唱曲當有繞梁之韻，寫字當有未盡之興，凡事留下餘地，才有更多騰挪之處，雞肋之所以能讓人「棄之可惜」，便在於它不以乍鮮誘人，反是君子之交，淡泊而已，故來者自來，去者自去，他既不強求於人，亦不令人強求於它，在若有若無之際，眞是耐人尋味之處。父親說此是「以萬物爲芻狗」之意，這話太過掉書，我哪裡懂得什麼狗，只知周師傅立身嚴謹，於廚中最爲沉默，一般人多以爲其高傲，難以親近，不如趙胖子之圓融，劉麻子之詼諧，其實他對於菜色之用心，又遠非他人所能比擬。父親說：周師傅家學淵源，父祖三代都是鼎鼐名家，獨傳絕藝，又經時代淬煉，加以天賦養成，周師傅在年輕時已睥睨一時，無出其右，是各家重禮延請的第一號人物。彼時烹調，用料精，調味鮮，可謂鐘鼓齊鳴，沃腴馥郁，沒有人喫過之後不爲之心折的。但父親說周師傅眞正的工夫，卻是有另一番機緣點化而來。

話說民國六十幾年寶島雖已經濟起飛，但那時窘於釜鐺的人家還是不少，故餐廳後廚每天總有人來拾菜尾，據說那時有個女人每天都來拾雞頭，其餘一介不取，雖她自言是同業，但周師傅見她面色寒磣，而言談進退間頗爲不凡，應非泛泛，便囑廚下特別將雞頭留予她，長久下來，一日女人大約是心存感激，便戲言邀周師傅改日至某市場之攤位蒞臨指導，周師傅慨然允諾，當日便輕裝便鞋施施而往，踏過不少果皮菜葉是不消說的，好容易找到那小小的一隅，灶上兩隻大鍋氤煙繚繞，老遠便覺異香撲鼻，女人見周師傅履約前來，不慌不忙地抄出兩只海碗，回身往鍋中撈出雞頭，一枚以重魯煨乾，皮色略呈焦黑，另一枚顯然是長久浸泡白湯中，整體已顯浮爛，周師傅略一遲疑，先由黑頭喫起，他自己回憶說：那雞頭皮韌而酥脆，入味極深，純辣之餘又有一股甜意竄入，這時女人復送上一盅貴州茅台，配之一飲，只覺得香透臟腑，舌蕾俱裂，周師傅說：那時只擔心會不會就此再也喫不出別的味兒了，連忙舀一杓白雞頭湯試試，除了諸種中藥材的清香，那湯汁便像一股暖流，剎那讓酖死的味蕾一顆一顆又活了回來，那即死即生感覺，眞是「此情可待成追憶，只是當時已惘然」，但那滋味卻奇特得緊，以周師傅家傳三世、復立身廚海十餘年的廣博，實也不能辨別出究竟是什麼。

數十年後周師傅才想出了結論，那時長夏無聊，沉默慣了的周師傅竟自己提起這事，他說：黑雞頭味繁而濃重，又以精妙的火工烘煨，故一層雞頭皮便有「百味雜陳」的力道，更妙的是能隔皮肉將骨頭爊酥，使香辣入骨三分，故臨食雖已無肉，卻不忍將此一截雞骨棄置，復用醇酒催勁，頓挫抑揚，正得味中極致，而白雞頭則除了配置的中藥材，以外一味未加，純取天然，故又淡極、鮮極，正好剋化之前所嘗那繁複的百味，兩者共用，實是妙倒毫巔。

在一旁的父親插嘴道：「你這便有所不知了，古人說的：『五味令人口爽』，要矯正那因徵逐美味而差池了的舌頭，便要歸返自然本源，如此便是老莊的道，達摩老祖的禪……」大家都搖頭說這是書生之見，太過迂腐，有人便問起那婆娘如何能有這層識見、這般工夫？周師傅說，他正在惘然之際，她卻取走白雞頭，用刀析開，取雞腦一丸，晶潤如玉，入口滑順，淸香尤勝中藥裡的極品蝦蟆腦延，而且那年冬天手腳不會冰冷，夏天容易口腔潰瘍的毛病也改善了，大家聽了十分感嘆，忙問方子可曾鈔留，周師傅說，藥方事小，不過是尋常的黃耆、蔘鬚之類，倒是她傳我一心訣頗爲受用，大夥連忙又問是什麼，周師傅卻不再多講，回到他的沉靜之中。

這幾天後，每回收工大家便聚在廚中嘗試雞腦，父親卻只在一旁嘿嘿冷笑，那雞腦除了腥澀外，還帶著一股子酸，教人反胃，實在沒有一點可取之處，大家自知無緣，也只好作罷。後來，父親偷偷告訴我，以前他早聽過這事，而且事後也實驗了一番，當然也是摸不著頭緒。而且父親還說，那「心訣」不過是兩句詩：「味無味處求吾樂，材不材間過此生。」而且他已經查了出來，是南宋的愛國詞人辛棄疾說的，父親說：「凡事道理，誰也懂得，只是每人際遇有別，所以體會的層次也有所不同。」但周師傅從彼時起，便由大開大闔的調理方式，轉變爲專主恬淡清逸，我猜想他在找尋那種「無味」，但既是「無味」，又如何能尋找，如何能展現呢？

周師傅不久便離開了我們，幾年來，有時自立門戶，有時在別的餐館中掌廚，但他所治理的筵席，卻愈來愈不被衆人所接受，那不鹹不甜的菜讓人覺得不知是少放了什麼，又不敢多問，反正周師傅總是一句：「呔！你懂啥，你行你來好了……」，這話不知開罪多少人。以前對他點頭哈腰的大老闆、敬若神明的老饕客，現在是避之惟恐不及，而周師傅竟也不以爲忤，反而常嘆道：「世人都曉神仙好，惟有功名忘不了……」弄得大夥兒一頭霧水，所幸他家道殷實，到後來乾脆賦閒在家，怡情養性，再也不過問庖事。有時小聚，會後父親的牢騷一定滿腹，論才華、論家學、論品行，周師傅都是冠於當代，不想卻自我沉淪，如此不知埋沒了多少技藝，失傳了多少珍譜……。父親說：「所以一個人不能命好，命好對大我小我都是一種損失。」

而我們這「命不好」的一群，終日營營，在追尋世間美味，有時我們要維護傳統，弘揚中華食道之眞髓，有時我們要追隨時代，在處理上作一些調整與妥協，中西合併、古今交融是好話，讓人想起「中體西用」的哲學，但實際上不過是顧此失彼，弄成四不像的雜燴而已。經常我在丟棄整鍋的雞頭時會有些遺憾，而有時以魚頭佐酒勸客之際，竟也有一種知味之情。好像善飲之人對於喫魚頭都有一番獨到的工夫，卻也不是能比別人挑出一塊魚肉或挖出魚眼睛這種片面、粗魯的舉止，而是在淡乎寡味中嘗到一種意外之鮮，我不知道那是源於菜色本身的處理之妙，能藏鮮於骨稜刺縫，還是另有一種天然之趣使然。我想是那皮骨間的湯汁，最能吸取魚類本身肉質的甘甜，並且不受太多的調味所干擾，在滿席油膩鹹辣後最是清淡，故無為而後有為，無味而能入味。更深一層來說，凡酒酣耳熱之際，多半也是殘餚將盡、杯盞狼籍之時，有經驗的廚子多半將前半席的魚骨魚頭扣下，此刻加入豆腐青蔥香醋熬成醒酒湯，大約是李太白沉香亭北作清平調時喝的那種，此湯除了淸脾醒腦外，更有無限挽留之韻，契闊聚首，明日天涯，箇中滋味全在這一碗湯中，故雖別名爲「散席湯」，實有不忍散席之意，湯味固然佳美，主人心意更是醇釅，焉有不動人情之理。

從小，我喜歡細細品味眼前一匙一盞所流露的風華，經常覺得心中滿溢著幸福的快樂，但一時便有冷落的感覺，即使再精巧的烹飪，也無法將味覺永遠留住，我們的餐廳裡經常婚宴、壽宴地席開百桌，而客人散去後，那種一望無際的遍地荒涼，與之前繁華又僅隔須臾而已，每一次的夜宴都令人期待，那鬢影衣香，魚龍漫衍，直是人間無限韶華，但最後總不免牽扯出一絲感嘆。人們一生來來去去地歡會喫喝，而他們將誰也記不住我們提供的各種美味，以及那觚觥交錯間的點點滴滴，而人生就這麼樣地流轉而消逝了。因此每當自我飲宴，那最後的魚頭湯便是一種象徵，代表了生命裡已然洞見卻無法避免的莫可奈何。

之後，我便不再愛喫什麼了，尤其是家業零落，喫對我們來說變成了一種感傷的記憶，什麼菜色口味實已沒有太大的差別。

重新喚起我對諸色香味的興趣，是在周師傅宴請了我之後。那時他已年邁，耳背得凶，又犯氣喘，住在新店山中的精舍，一人一杖，行跡頗爲孤峭，我奉父親之命偶去探他，但經常竹扉深鎖，據說是上山採藥雲深不知處了，有時見面，大多也是答非所問，不然便是捧茶對坐，相顧無言的尷尬，我不知道父親逢年過節便教我拿一斤茶、送半隻雞去是何道理？

那年重陽，我又奉命而往，彼時已屬仲秋，台灣地處熱帶，白天平地雖不覺十分涼爽，但山中卻是金風白露，頗有一番風景。尋路而來，山光水色好不寂寞，來到屋前，不想他正在院中攀架摘瓜，老人行動遲緩，氣力又小，我看得有趣，連忙上前幫忙，忙了一會兒，周師傅看來精神極好，興致也高，教我到屋中把東西放下，用竹杓取水煎茶，周師傅說一物有一物的美味，只是凡人昧於世俗的價值，往往失去了領略眞諦的契機，茶煙裊裊中，他說：「樹葉的品種、焙製的火工與泉水的凜冽，常人總以爲這就是一杯茶的甘苦所由，其實每一株茶樹，都有它葉子自身的甘美，都是無可取代的回味。」我想起了那詩句：「聖朝已知賤士醜，一物自荷皇天慈」的感慨，覺得天地無論賢愚酸苦而一律包容的溫暖充滿了胸臆，而那究竟是多情還是無情，實已無須分辨。那天周師傅親自下廚，說是「野食之苹，我有佳賓」，定要我嘗嘗他的山野村蔬，於是我一直坐到夕暉暝暗，才在秋蟲聲裡摸黑下山。

而那回我眞眞認識到了一種無爭的沖淡，也許周師傅中晚年後，並不在意是否能作出壓倒衆生的絕世之味，而是冀望能在平凡的飲食之中，嘗出最近於原本的素樸眞髓。那日他端出烏瓦釜，給我盛滿一皿稀粥，他說那是用入秋以來每天采擷的露水加苦菊熬成，於是我才明白他園中到處盆甕乃爲了盛接葉尖枝末的露水。一般清粥總有微甘，但這粥卻正好被黃菊的微苦所化去，因此嘗來只有菊之清香而無任何味道，但我在這無味中卻得到了一種解答：大凡滋味都由此而始，亦由此而終，人生裡的歡樂與痛苦都要歸於一種平淡，就像狂暴或激昂的樂曲，終回復於寧靜之音。飲罷清粥，眼前的空山飄下暮雨，雲霧散聚，那一刻幾乎靜止到了太荒。

一年後我收到周老先生寄來的書冊，那是他最後的心血結晶，但實已無關閎旨了。月餘後他病重入院，在病榻上一笑寫下了「老病已全惟欠死，貪嗔雖斷尚餘癡」的字箋給我，其實我不清楚他的「癡」是什麼，也許是對於眞味的一種留戀，或是對自己所執著的人生有所惋惜。

我曾試著拋卻思緒與感情上的貪嗔，然而在現實裡我還是有太多的眷戀，以及伴隨而來太多的空虛，我回到味覺的世界去找尋周師傅說的「素樸的眞髓」，那其實並不容易，因爲總有許多旁騖使我迷惑，讓我無法更深入地去體會最初的本質，然或許亦是我無此緣分慧根，注定只能在庸甜俗香中營營苟苟。不過我會開始思索哪些時刻曾觸動我人生的味蕾，讓我澎湃，或寧靜於其中，偶爾我能在藝術、文學或是生活的瑣碎中找到，並經常爲此而感動。就像此際，雨後清宵，月華滿窗，信筆隨書，每一番記憶都是動人的意念，每一句話語都令我銘心，而那遠去的感覺是寂寞的，是一瞬而永恆。

——本文獲台灣省文學獎佳作

飲饌之間

一、大同電鍋

新婚不久，母親千里迢迢為我們送來了大同電鍋，十人份的，大熱天，老人家轉車轉了一上午，連水都還來不及喝上，就忙將這碩胖碩胖的傢伙搬到廚房，我說：「媽，我們只有兩個人，而且很少開伙，都在外面喫……」母親默默地拆開紙箱，撕去包裝紙，沉吟著要將大同電鍋放在何處，我說：「媽，我們現在蒸飯都用電子鍋了，你看，我們連放的地方都沒有……」環顧小小的流理台，大同電鍋終於還是擠進了電子熱水瓶與微波爐之間，有點委屈，朱紅的身段，一枚黑色的按鈕，與我們整套乳白色系的歐式廚櫃也顯得格格不入，好像一位穿著旗袍喘著粗氣的發福女士，錯走入骨感十足，雲裳牽香的米蘭春裝發表會。

「飯總是要喫的……」母親終於說了，我正想解釋我們電子鍋包括自動定時等功能在煮粥炊飯上的妙用，還有微波爐、電磁爐……，實在不差這一個十大建設時期的工藝品，何況都加入ＷＴＯ了，何必愛用國貨？這充滿懷舊氣氛的鍋子，對於炊事來說應已完全派不上用場了。但妻卻已將淘好的米放入內鍋，「外鍋半杯水就好了，」母親熱心地指導著，「上面還可以蒸蛋」。

我一直覺得，廚藝是一種天分，對於味色的直覺與敏感，還有後天沉澱在記憶裡的各種紛繁、卻又極有秩序的印象，所有廚師的內在都有一只神秘的冰箱，裡面是各種烹調心得，婚前婚後，我從一個冰箱跳到了另一個冰箱，母親強調的是茁壯根基的營養，厚植國本的建設，她用央行總裁關心外匯存底的心情來在乎我們的身高體重，仔細計算我們每日卡路里的出超與入超；而妻子是執著的藝術家，有時寫意得近乎潦草，有時工筆到毫巔之外，我總相信女性內在有一種通達於宇宙自然的潛能，當她們發動這種潛能時，一草一木，一鹽一梅，都是俯首聽命的精靈，將全部的精華貢獻於鏟間杓下，流動著無以名狀的感動。

我經常被這些深深感動，燈下窗前，我覺得那是一種爲滿足生命本質，但又超越於生命本質的過程，如果有所謂的幸福，如果有所謂的遺憾。

而我至今一直思量著那盅雞湯，它讓我有莫以名之的情懷。

在火車上，陌生的年輕夫妻問我要不要雞，一個很突兀的問題，年輕夫妻因而有些赧然，我第一直覺是推銷或騙子之類的，連忙拒絕，這年頭什麼都有得賣，他們大概也看出了我的疑慮，尷尬地解釋說不用錢要送我，這更讓我有金光黨的想像，現下社會哪有白喫的雞呢？那位太太解釋，她的母親在鄉下專養跑山雞，每次回娘家，光喫就怕了，但她母親一定還要她帶一兩隻殺好的回台北，「又不好說不要，可是冰箱都放不下了。」先生補充說明，「我們上班到好晚，哪有時間做，丟了又可惜……」在兩人一番遊說下，再拒雞於千里之外似乎就是不近人情了，我想起了豐子愷先生在〈蟹〉一文中的處境，便眞拎了隻雞回家，腦海中是他們如釋重負的笑容，兩邊互相頻頻道謝，眞是彬彬，子女亦有難爲時。

黃耆、蔘鬚、枸杞、黑棗、當歸……，當晚，我按照他們所說的「古法」，開始燉煮，妻以爲應再放些菊花，取其清涼閑澹，以免過於燥熱，我以爲酒可稍多，鹽須少放，這種親切的研究讓我幾乎可以想見那對夫妻的母親在灶前的光景，暮色靄靄，氤氳的水氣與香味彷彿從童年的夢中飄來，帶著濃濃的泥土與青草芬芳。

這時「大同電鍋」派上了用場，十人份的剛好容納一隻全雞，「答」地一聲它的按鈕跳了起來，我與妻相視微笑。在啜飲湯汁之餘，我竟發現了朱紅的「大同電鍋」也略含輕笑，在燈下看來慈祥極了。

幾天後母親打電話來問我電鍋好用否？接著她開始講述她剛結婚時的四坪房間，坐月子時的諸多不便，以及幫我們帶便當的那些日子，「大同電鍋」與「大王牌縫衣機」就是她所有的嫁妝了，竟也伴隨著她走過人生大半精華的歲月，我的所有童年。我猜想對於她辛勞的一生，十人份的電鍋或許代表了某種幸福的含意，所以她不辭艱辛地搬來給我，「飯總是要喫的」，母親很有自信地說。我反覆想著這句平凡至極的話，就像咀嚼著滿口甜香的米飯。

晚上，電視劇中的男女主角在作深情的告白，我忍不住對妻說：「十人份的電鍋就是一種幸福」，妻大笑了起來，狠敲一下我的頭說：「你竟然現在才知道」。

二、奉茶

人生在世，不免有個閒趣雅好以寄生涯，上者沖情怡性，超然於碌碌塵世之外，自是林泉幽賞之士；而下者，或呼朋引伴、翫日愒歲，終有喪志敗德之譏，故凡事皆宜執中而行，不可偏激。以今日社會之富庶，食不厭精、膾不厭細固不必說，對於飲茶品酒，又自有一番講究。

對於茶藝，我只知喝，不知品，算是十足的門外漢，有幸生在台灣，卻也只能略分凍頂、包種、東方美人等，其中發酵深淺、焙火溫厚，有時亂說一通，只是湊湊熱鬧而已。朋友中有極有興味者，每年春遊，便是在茶產區流連，有時一擲千金也面不改色，近年開放大陸旅遊，更是助長訪茶雅興，攜得好茶而歸，選定良辰，引泉升火，擺開各色盃盞，大家契闊聚首，伴隨茶香曠懷半日，極有一番人間風味。

然而在喝過的茶中，某年的冠軍茶，傳統的貢茶，極難得的陳年普洱茶等，都是感官的宴饗，包種茶的清逸靈通，鹿谷茶的甘味深沉，都有一種難言的美感悸動。然而極令我難忘的，卻並非這類色味傾城的名茶，而是一杯平凡、卻讓我對飲茶一事有了另一種見解的粗茶。

在我從前住的社區旁，有一座小小的公園，幾株蒼翠的喬木，每年夏天亦有整季的蟬聲，被踩得半禿的草坪，每日下午也都傳來兒童的嘻笑與狗的吠聲，公園雖小，但卻也十分熱鬧、美麗。早上有太極拳、元極舞之類的教學，夜間則有媽媽們的舞蹈班，那些亭子裡的棋友，打了幾年還分不出勝負。我經常繞著公園散步幾圈，享受城市中的片刻華蔭。不知何時，公園裡的涼亭中出現了一桶「愛心茶」，銀色的桶上用紅箋寫著「奉茶」二字，手筆雖非穩健，卻也心誠意正，感受得到那端莊的敬意。

有人說是里長選舉快到了，有人說是道路工程受益，說歸說，但茶是沒有人喝的，因為罩在茶蓋上的一只鋼杯，讓人有傳染肝炎等等疾病的疑慮。幾天後鋼杯消失了，換了一落環保紙杯，於是小亭子眞成了清涼之地，熱了、渴了、累了的人，都到這裡來喫一杯茶，或聊聊天，大家所享受的，不僅是一杯茶水對於生理需求的慰藉，比起市售飲料等，更爲都市生活加入了一種淡淡的閒情。然有幾位公園的「耆宿」，評斷這茶絕非好茶，只是熱水加爛葉與梗子，有些晚來的婦孺，對於空桶總是抱怨負責人沒有盡心。

不過我想這茶絕對與選舉云云無關，亦恐非公家單位負責，那茶早晚兩次，一定是滾燙的，夜裡桶子也不在，想必是有人細心收了去，茶水雖非上品，但也並非如「耆宿」們所言如此不堪，仔細嘗來，韻味猶勝許多餐廳裡的假香片、贗烏龍。寒來暑往，茶水始終沒有間斷，我相信它來自一位有心人，有時我想放一罐茶葉讓其主人在夜間收去，但隨即想到這會不會使人誤解這是對茶水不滿意的諷刺？

而我終於遇上了「愛心茶」的供應者，就是公園對面愛心商店的殘障夫妻，我曾在他們那裡刻過一次圖章，還買了一盆小仙人掌，當時心裡有點嫌貴。夫妻兩人一輪一杖，喫力地將水桶茶壺搬進小亭，小心地加茶，並補充環保杯。

「其實是彼此幫忙……」太太客氣地說。「而且我們住得最近，也不費事，不費事。」先生笑得有點不好意思，我看著他們走出公園，穿過馬路，心中有了微微的感慨。我想起一位喜歡獨自登山的朋友，一次在聚會中，說到有一回他獨自登上峰頂，萬籟俱寂，只有雲氣飄蕩，一爿簡陋的草亭中，竟也有一桶熱茶，當時他面對浮在雲海之上的群山萬壑，啜飲香茗，雖孤身佇立，但並不感到寂寞。

我不了解登山者的意境，但我想人間萬事，似乎都是如此，有時我們不免煢煢於時代的繁囂與生命的孤絕，或自立於某種繁華而鄙薄他人，但有時一碗粗淡的熱茶，卻包容了這些，彷彿有一點會心，一個寧靜的片刻，讓我們坐在世俗之外，面對另一個沉澱在杯底，不染塵埃的心靈世界。

因此我每天走過公園都要去喝上一杯，洗滌一顆塵心。

三、世間美味

在火車上巧遇以前的學生，他說他已經高三，今年畢業就要下基地了，言談間似較年前穩重許多，已有職業軍人的架式。車到中壢，他扛起大背包準備下車，突然回頭說：「老師，我們全班都不會忘記那世間美味」，大概是見我一臉錯愕，遠遠用手比了一三角形，我們一起笑了起來。

其實我哪來什麼世間美味。

說來慚愧，那時研究所剛畢業，糊里糊塗地找上了這份工作，擔任軍校學生的國文老師，還掛階中校，比我當兵時的連長還大。一來學校，組長便談到學生程度不好、對課程沒興趣等等教學上的問題，對於滿懷熱情的我而言頗是打擊。尤其是這一班情形更爲嚴重，上課多是漫不經心，不是打瞌睡便是吵吵鬧鬧，在學校學的一套什麼教育心理、班級經營等，完全失靈，讓我總是抱著絕望的心情來到教室，又帶著自責離開，尸位素餐便不說了，看到他們因被棄引起的自棄，更令人痛苦、無助。

我想這樣也不是辦法，一天，我決定放下書本，問問他們的想法，爲何這麼興趣缺缺，爲何這麼意興闌珊，全班回到了靜默，「老師，我們中午沒喫飽」，那位同學突然大聲說。一問之下，才知他們中午常因某某表現不好而加強操練，午餐只能草草了事，故下午第一堂課都是極沒精神的。

我想給他們一個驚喜，隔天，便向營區外的「美乂美」老闆訂了三十個三明治，老闆問明了原因，很豪爽地說他贊助三十顆雞蛋，喚他老婆出來，兩人動手，十分俐落，不消幾十分鐘三十個加蛋三明治便完成了。這天上課，大家都很興奮，但因爲怕驚動了巡邏的長官，大家也都壓抑著保持安靜，一片咀嚼聲中，上次發言的同學卻沒有喫，他說這是「世間美味」，要留到晚上慢慢再喫，許多同學聽了都深有同感地將喫了一半的三明治收了起來。一時我竟有些難過。

他們某些來自原住民的家庭，有些則是家庭不太健全的，他們本性樸質善良，但或許是在成長的過程中，大多數的人不肯定他們，也無所謂真心，他們深知此點而無處怨懟，只能用無所謂的態度來保護自己，漸漸養成輕易放棄的習慣。但相處中，他們實在而單純，又豈只是人口中的不上進、程度差等負面批評。以後雖然再也沒有喫三明治，但上課的情形卻慢慢好轉，不僅國文，據說其他科目也是如此。

但我所能提供的「美味」畢竟太少，太少，一學期後我便離職了。但我重新體認了這個社會的無情與有情，並且深深知道，該以哪一種方式來面對這些炎涼，或從中體會那更細膩的況味。

學生在月台遠處向我揮手，我也向他比了一個三角形，他大概不知道，那是他們送給我的，永恆的「世間美味」。

媽媽的竹葉舟

我十八歲大學聯考那一年的暑假，一天早上我媽笑容滿面，十分得意地告訴我她夢見我落榜要去重考，就在全家人震驚之下，她才說她的夢永遠都和現實相反，而那年我也順利考上東海大學，我媽十分高興地說那是一所好學校，因爲舅舅也是東海畢業的。

我媽一直覺得我能考上大學，一方面歸功於她的夢，另一方面則歸功於她的粽子。

每年六月，我媽都得包粽子，如果家中有人要考試，那就格外愼重其事，因爲是「包粽（中）」的關係。她包粽子最最講究竹葉的品質，所以早早就要向一位在山上種竹的老太婆買竹葉與草繩，說是能先挑到又大又厚又香的，然後一片一片地將竹葉洗淨、拭乾，然後分作兩疊，一邊是較青較大的，當外層，一邊是較黃較小的，當內裡。我媽的粽子慣用兩張竹葉，說這樣才不會「露餡」，在她的家鄉話裡大概是「露出馬腳」的意思，采頭不好，所以一定要大小兩葉，將豆沙、豬肉及糯米緊緊裹實，纔好下鍋。

我家早期的粽子只有甜鹹兩種，甜的是豆沙粽，鹹的是肉粽，所有的料都是自己動手，包肉粽的生糯米要用醬油稍微醃過，然後兩張竹葉摺成小小的斗狀，塡入一半糯米，放上一精一肥兩片醃漬的豬肉，再覆上糯米，將粽葉摺妥綁牢就大功告成了。較之包了豬肉、蛋黃、蝦米、花生、香菇、紅蔥頭等豐實內料的「台灣粽」，我媽的粽子顯得單調，不過卻有其特殊的清爽風味。這風味難以言喻，我在外面喫過的粽子，往往過鹹或是過油，而我看許多人喫粽子都要搭配五香粉或甜辣醬之類的佐料，但我媽的粽子卻以平淡取勝，主要是喫那竹葉的清香，所以絕不用任何添加物，肉粽裡的那一片肥肉是所有油脂的來源，在煮熟的過程中，油脂很均勻地滲入糯米中，這是爽口卻不油膩的竅門。這隻帶著世外清香與無限餘韻的粽子，讓我總是覺得其中有一種幽趣與詩意，頗符合紀念大詩人屈原的情致。

端午節前幾天，我家前後就飄著一股粽葉香，記得有一年我帶了兩串粽子去學校送給老師，不料第二天老師愼重地把我找去，說她婆婆喫得極合口味，趁大家不注意多喫了兩個，一時間不消化，飣了食，老人家竟送了急診。不過我們家的粽子以祝福小孩考試順利的意味居多，是母親默默的期許，微妙的心意。即使我們一一長大，漸漸脫離了聯考的壓力，母親還是一樣包好喫的粽子。因此每當我聽見「慈母手中線」這首詩，我所想起的竟不是縫紉的母親（雖然我媽從小爲我打了無數件毛背心），而是一手持粽葉，一手舀糯米的母親形象，我眞是太愛喫了。

大的竹葉用來包粽子，指頭長的小竹葉則可以做成一條小小的竹葉舟。這也是我媽的傑作之一，不知她從何處學來。

竹葉舟玲瓏可愛，迎著光微微透明，淺淺的船舷，似乎只能載著一個人、一罈酒、一枝釣竿，泛向五湖的煙水處。小的時候我家附近還是一片漠漠水田，母親總是摘下路邊的竹葉，摺一隻這樣的小舟放在田邊水洫讓它慢慢漂流，然後我們散著步追蹤它，看它漂過小橋，流向不知名的遠方……

上回領取文學獎，與母親約在某大飯店門口，總是早到的母親摘下了大飯店門口的觀音竹摺成了一葉扁舟送我，斜倚在掌心是盈盈的綠，我知道她又要唱起「搖啊搖，搖到外婆橋」這首歌，還是那樣的溫柔而緩慢，彷彿是流水的節奏，我不知道我將漂向何處，但那定是個像「外婆橋」一樣溫暖又甜美的地方，因爲載著我此生的，是母親深湛而無盡的愛。

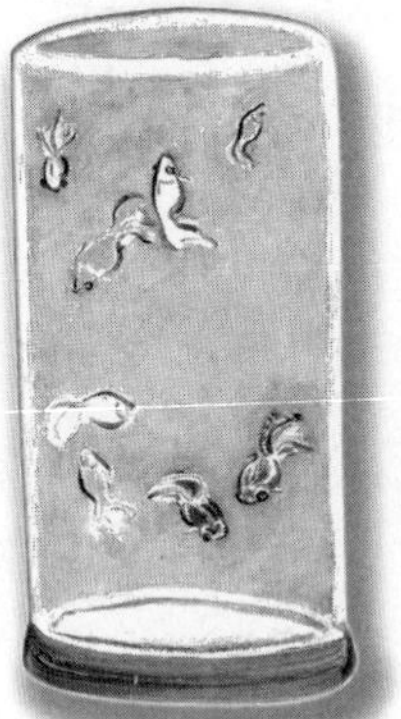

第二輯。雪地芭蕉

雪地芭蕉

我曾見過的生命
都只是行過
無所謂完成

——木心《同情中斷錄》

人生外在是十方寂寞的風景，內在亦是一番無言的大千，衆生浮沉，你說，你總說應用生命來探索藝術的盡止，身在情在，就像少年時的步履，儘管那青山以外仍是青山，斜陽之後終究還是斜陽。

如果順著老屋後的那一條土石路爬上去，愈爬愈斜，路愈來愈窄，土石路漸漸成了高低不齊的碎石階，一步兩階，一步三階，沒準的。你不知道路是誰建的，這麼多年來，偶爾你還是會夢見這條山路，你往上行走，累極了，但一直走不到盡頭。不過現在你是從容的，步履輕捷，許多野草從石縫中鑽冒出來，一些落葉在地上已化成烏黑的泥，你猜想那也許是去年夏天綠過的，沾滿露水與蟬鳴的，有時你在路旁發現一隻枯蟬，而上頭仍然高歌，你有莫名的感嘆，少年就是如此，發現自己有許多意想不到的感情，但無法解釋。再轉上去是一片竹林，山風一動，整座林子便咿咿呀呀地交談了起來，在這裡你可以歇一會兒，腳底已是人間萬象了，但你繼續往上爬去，你要到那廟，在還有陽光以前。

廟是誰，在何時建的你也不知道，少年的歲月就是如此，凡事不須要知道那麼多。

寺院沒有圍牆，沒有香客，這種小地方，寺院旁有菜圃，你見過兩個和尚在那裡澆菜，你沒有和他們打過招呼，其實你有些害怕，怕他們趕你走，不讓你看這一片風景，畫這一方世界。那時你就覺得：和尚，尤其是小廟的，大多勢利。你每天都來，在小小的石板院前支起畫架，你畫那對隅的青山，畫那斜陽，依在山腳下的小村落眞是風景，還有，隨你目光延伸到無盡的十方世界。

第一次總是無心，那時你剛進這所學校，想找地方寫生，學校前幾里路的市甸、小河與人家，西向的一片樹林，同學三三兩兩結件前往，你不想畫那些塵世裡的東西，無意走上了這條山路，找到了這片暮靄，別的同學都在收拾回校的時候，你才剛要開始，因此總是錯過了集體的晚餐與洗澡時的打鬧，等你摸黑回來，孤僻，同學說你，於是你眞的孤僻了起來。

你總覺得在夕暉中漸轉沉暗的群山正對著你說些什麼，微風依約，你依照你的直覺，上課時老師教的測量與定點透視法，打出輪廓，渲染黃昏時所特有的紅與藍所揉成的光，你用心地觀察與思索著，那些在夕陽下不斷變動的光線，成塊成束成縷成絲，閃動與遊移在它灑落的每一件事物上，你敞沐其中，讓自己逐漸融解在藍色到紅色的光譜裡，於是便明白了應如何捕捉在消失與變動的世界裡剎那的實存，並知道如何以筆觸去表現在某一瞬間天地所給你的情感，或是無情。你總覺得自己聽見了一種肅穆的寧靜，你想到了自己也曾像山下的人群活得那麼渺小，你的手動了起來，眼睛彷彿看透了些什麼。學期末，評圖的老師要你下學期直接去上他爲高年級開的課，接下來他爲全班解說你的畫，從構圖到筆法，但你並不快樂，你發現在教室的陰影裡，透過玻璃的光似乎骯髒、油膩與世故，因此畫面沉默，似乎沒有語言，你驚覺那不是生，你知道，是死。

之後你還是天天去那廟前寫生，從小就有的執著，反覆地找尋山在訴說的語言，那凝定的巒峰卻像流雲一般不斷變化著，倏忽改變的姿勢讓你愈看愈無從下手。你想起了學校裡的許多老師，用攝影下來的照片來臨摹作畫，你想這也許是一個好法子，隔天你借來了照相機，想攝下最滿意的一瞬間，然後就畫那一瞬間。你等著，山陰了下來，不一會兒一陣風起，帶來了颯颯的細雨。怕照相機給淋壞了，你抱著它跑入廟中，這是你第一次進入這座舊廟，不一會兒，雷聲響亮，山雨傾盆。而偌大的廟中杳無人音，香煙燭影，佛容垂斂，幽暗彷彿幻境，你感到一些駭怕，但又想拿起筆來，畫下這樣鮮烈幽怪的場景與氣氛。

「小朋友，請喝茶！」和尚從後堂出來招呼著，爲你端上一杯香茶。

你第一次那麼近地端詳他，你發現他的年紀已經很大了，手上眼角滿是紋路。你有些侷促，希望雨早些停，老和尚說你很會畫畫，問你是不是山底下美術學校的學生，幾年級了，你一一回答。老和尚突然笑笑，說有幾張畫給你瞧瞧，你以爲是佛畫之類，雖沒太大興趣，但看看也好，你很自然地隨他穿過後堂，轉上一個小梯，到了二樓的後廊，雨中微光，數幅油畫多是西式風景，裝裱得頗爲精美，只是已積了許多灰塵與蛛網。你隨口問到是誰作的，但隨即一想，自覺多此一問。在你的印象中，和尚都只畫國畫，梅蘭竹菊，幽松怪石，不然就是觀音佛祖達摩之類，以這些亮度極高的彩色畫西式洋樓、西式瓶花、西式仕女這些入世的題材，並掛在山中古廟，眞是有些滑稽。

然而老和尚卻說那是別人所作，一位他從前的同學。說他們曾經一起學過美術，在上海。你直覺地認爲那畫家必定極爲年輕，也許現在早已成名，只不知是否該多問下去。老和尚說你的畫好，比他這位同學還好，之後……雨就歇了，跑下山時你才想起忘了照相。

你還是去畫畫，老和尚還是在澆菜圃，你們還是很少交談，包括了目光的相遇。

二年級以後學了其他課程，往山裡寫生這事就在不知何時停了下來。你有了朋友，有時一起赤了上身在操場上踢足球，偶爾在晚風中你會想起那山夕陽，那些掛在廟廊後的西洋油畫，滑稽，你心想，高高地將皮球踢向遠方。

要畢業前你又上了那廟一趟，像是想對生命中的某一種情感再作回顧，「你就是那畫畫的學生？」一個比較年輕的高瘦僧人問你，你有些訝異，僧人要你稍等，從後堂轉出來時手中多了一束包裹，「師父說要交給你的」，說完逕自走開。你不好再問師父是雲遊去了還是圓寂了，或是就在廟中不願見人，你不信佛，也不太了解這些規矩。

黃布裡是一層油紙，再打開是一卷軸，用水墨畫成的一株芭蕉樹，隸體的字題上「雪地芭蕉」。

芭蕉在你南部的家鄉隨處可見，你愛極了這種植物，龐然而溫和的性格，帶有一種詼諧的高貴。但你不相信芭蕉能長在雪中，雖然你並沒有到過雪國，那樣的寒冷如何能讓熱帶的芭蕉碧綠而昂然？你看過芭蕉碩大的枯葉，頹萎腐爛像不曾綠過，巨大的死亡、高貴的死亡都讓你心驚，一種大理想的消殞，大境界的幻滅。

雪地芭蕉，你覺得不可思議，你說，你那時只是一個年輕的畫家啊！

之後你畢業、升學、再畢業、成家、成名……人生如此，總之，你在人世裡活過了一回。你摸出了竅門，擅於表現，勇於交際，漸漸該得到的也都得到了，而許多不該得到的……。滿足，有些時候你的確如此，遺憾當然也有，像是病痛一樣，因爲這些不快，你更加覺得自己是活著的。你的名聲震動海內，學生多起來了，有些人的才華讓你嫉妒，有些人的勤奮讓你憐憫，人世啊！你看見他們像你一樣的成長，也明白了自己的老去。

開幕的酒會上斛觥交錯，衣香鬢影，那些大師的風趣可親，叫你老弟，那些重量級的貴賓，你的領扣有些緊，讓你喘不過氣來……。不知爲何，許多年來，你仍對這些細節記得太過清楚，那是你生平第一次在這樣重要的地方舉行個展，重頭戲是你拉開十餘公尺高畫作的簾幕，佳賓放下酒杯，燈光微暗（事先商量好的），雪地芭蕉，那次展覽的主題，你用純粹的綠所完成的世界，一陣靜默，聳立三層樓高的芭蕉在雪地枝葉繁茂，栩栩如生，厚大的葉像是有種舞動的韻律，但挺立之姿又帶著欲言又止的肅穆，理想乃能超越現實之上……你說。有人率先輕輕拍手，衆人四顧，也附和著響起了掌聲，洶湧如潮。不知爲何，許多年來，你仍對這些細節記得太過清楚。

而那些掌聲對今天的你而言實已無太多意義，你早已有更重要的主題與作品，涵蓋乃至於超越了那些東西，紐約、巴黎、多倫多、東京、墨爾本……記者曾經問你對於自我的作品如何詮釋，是東方的精神還是西方的技藝，你從來沒有眞正完整的回答過，藝術，啊！你從來就不耐煩於讓別人了解，你是一株沉默的芭蕉，還是一地寂寞的白皚，有時你也自問。

好幾次你夢見自己站在同一幅巨幅的畫前，醒來後還印象十分深刻，那些龐雜的線條、色塊、光影、組織，光是一個局部就充滿了變化與深意，整幅畫面則有不可以言喻、以理智判斷的飽滿深沉，你遲遲不能離開它，你不相信在人間有誰能完成這樣的作品，每一次，當你想翻開底下的名牌，冰冷流過手指，你的夢就醒了，你不知道畫的作者、題目，你曾經想憑藉殘留的記憶畫出這作品，遲疑了許久，你發現你不知從何開始第一筆。你相信其中必有一個隱喻，你皤然的白髮像一片茫茫風雪，對許多呼喚都沒有回聲。

漸漸行近人生的暮年，你愈想重拾年輕的記憶。

少年時代的學校搬遷過多次，你連那一片山，那一條路都找不到了，更何況那一座殿宇，那一抹夕照。「畫道之難，至今極矣，必從最繁而至最簡，最似而至不似……」，你在課堂上總是引用這句話來作開始，或是結束，今年學期的最後一堂課你自己反而被這幾個字給觸動了，但什麼是最繁，什麼是最似，在逼近無限的過程中，你感到疲倦與空虛，你知道凡是藝術的巔峰境界必在最簡與不似之中，但你的人生已太瑣碎太複雜，你懂得了太多東西，又無法忘卻。而那時，你在斜陽曬滿的畫室裡發現窗外遠方青山橫臥，朦朧得近似塵影，你欲言又止，時間沉默在一個問號上，你聽見窗外的蟬噪已深。

感官與精神熟爲實存？你曾經產生過幻覺，在那次西藏邊境的旅行中，你嚴重頭暈，不能呼吸，更別說是行走，你在公路旁的雪地上瞥見一隻爬行的蟬，你追去想拾獲牠，跌了一跤，手中抓滿泥雪。藝術是最宏偉的微觀，你說，表現必須透穿於相色而達於意念始臻永恆。而人生該用什麼來比喻，該用什麼而完成呢？

當我們坐在陰影或是光亮裡的時候，感受到世界的不同，然而我們無法描繪眞正實存的那些瞬間，你的感嘆細微，浩大如湖海，或如傳說中的大旱，千里外萬里的無邊。

而我只是坐在你教室角落的學生，最平庸的，我爲你那時的片刻緘默而感動，似乎呼吸到了一種更宏偉的氣味，你說生命就像你少年時的那條山路，孤僻之中自有華境。而我至今仍碌碌於追索茫然的意念與不定的靈感，行過究竟是不是一種完成呢？

明月皓然的高峰之上，我深信藝術將爲證見。

註：謹以此文，紀念一位擁有偉大生命與理想，卻未能相互完成的老師。

常玉

深秋的臺北出奇地暖和，因爲選舉而四射的煙硝與流言，從大街關懷到小巷的世界棒球賽，還有號稱歷來水準最高的外國畫展在故宮登場……整個城市似乎沒歲沒數地年輕了起來，像懷著某種理想的那種青春般按捺不住。但我透過窗櫺，面對一泓殘秋的荷塘，在一杯微微涼去的中國茶裡，讓那種難以言喻的感動漸漸平靜下來。

常玉。

常玉今年一百歲了，如果他還活著。門票十塊錢的國立歷史博物館很用心地在這位偉大的畫家百歲之時，悄悄地作了一次回顧展，我本是爲了看枯荷而來到植物園，卻很意外地重新溫習了常玉那平淡雋永而充滿寂寞的繪畫世界。

這次的畫展名爲「鄉關何處」，似乎在爲常玉一生寄寓異國下的畫作來作詮釋，常玉出生於一九〇一年的四川，世家子弟，二十歲時懷著夢想，在蔡元培「勤工儉學」的號召下赴法國學習藝術，從此羈旅異鄉，一直到他六十七歲在巴黎因瓦斯中毒而辭世，鮮少踏上故國的土地，成爲一顆長懸天邊的藝術孤星。

常玉的畫作充滿個性，平面式的構圖，簡潔的線條，陰沉而對比強烈的用色，使畫作在清肅中卻飽含詩意，靜止的畫面有沉默的千言萬語，似乎已達到了宋朝人所說「看似平淡實崛奇，成如容易卻艱辛」的藝術境界。他的畫讓人因此爲一種美而感到絕望，又爲這種絕境之美所深深吸引，無法忘懷。

據說許多海外的收藏家曾經爭相收藏他的作品，因此爲英國某家拍賣公司賺進了可觀的酬庸。行情雖熱，但對於他冷酷的畫境卻是一種反諷，他的畫中有極大的一部分是畫背面的裸女，或是在天地中自由舒躍翻滾的馬匹，我不知那是否是象徵了避世與避俗的心事，還是渴望脫韁在人世之外的一種忘懷之樂，不過有趣的是這樣的遺世的風格卻反而成爲入世者最積極蒐羅與經營的對象，但常玉的畫眞是美，那絕不是我們一般因爲協調、柔潤或是炫麗而帶來的感官之快，而是架構在心靈深處的一種空曠永恆。

常玉的作品另一個耐人尋味之處，是他極度西化的筆法中卻時時流露的中國工藝氣息，比如說是中國式的墊毯（以萬、壽、錢等爲圖樣排列）爲背景，或是中國漆器、瓷器上的主題與平面無陰影的構圖方式。這樣的中西結合機趣盎然，正也是時代風潮之見，但我猜想背負著深厚中國文化傳統的異鄉遊子，選擇用這種方式來記憶故國，或許是表現了對藝術與文化最真的愛與最深的懷念，而「鄉關何處」的畫展主題，正也輕扣了常玉這樣鮮烈卻又沉晦的畫風。

一九三〇年，陶淵明的詩作在巴黎以法文譯出，法譯本陶詩的插畫正是常玉的手筆，我想那眞是最令人著迷的結合了，不知常玉將以哪一種意境來畫出陶詩的閑遠與寬闊，只可惜當今已無緣一睹了。印象中當代詩人兼畫家席慕蓉先生似乎也寫過一篇有關常玉的文字，很想再找來看看，但現下一時竟也不知曉收錄何處？有時人生之小不如意，只是如此而已。

一些無可名狀的

在石頭上刻一個字
遠勝於在沙或水上
寫下千言萬語……

——W. E. Gladstone

寫作是什麼？

他們說那是一個人獨自的呢喃，像西風搖曳前庭的梧桐，像夜雨打在殘了的荷葉上，沒有因，也沒有果，無所爲，也無所不爲，你說那是古畫裡的聲音，有一隻蒼老的耳朵隨時準備傾聽，傾聽西風對蘆葦也曾說過的故事，夜雨對船篷也曾吟過的詩。那麼詩是什麼？他們說那是塵市喧囂裡的一種寧靜之音，就像一面牆在燈火熄滅後的輕輕嘆息，一條路在行人的步履間默默延長的孤獨。我說我本來自於天地，只待那一列長長的隊伍走盡，生命本無特定的使命與追尋，只是偶然的來到，必然的離去，我無意被感動，亦無意感動別人，不曾留下，也不帶走。你說但你不能禁止那些美，或是不美，在你的眼前的呈現，如一枝旋轉的荷花，並在你的心中成爲意義，如一枚蓮子之於整個江南，然後用文字記載下它們，如江淹的筆彩。我說我沒有記下它們，我只是記下我自己，在一種光澤、氣味或是聲響裡的自己，你說那也是一種奢侈，或是幸福，因爲許多人並不覺得自己在這些感覺裡，你說像你，過去也曾被感動過，雖不曾眞正流下淚，但現在只賸下緬懷了，緬懷昨天曾幻想乘著熱氣球離去，或是一面搖鈴，一面走過一個又一個新奇的城市。我問你是誰，爲什麼知道這些，你說你就是我。

三十歲以後還是詩人嗎？

如果那時我沉浸在衛生紙價格的比較裡，如果星期天的大賣場正用廉價的重低音喇叭播放我們初戀時聽到的歌，如果我走過花店的海芋旁邊而沒有對妳說那是我生命中收到的第一束花，如果黃昏裡的散步只是去買一份晚報還有妳囑咐的明天的早餐，如果我們的花圃眞的長出了番茄。

一切都太適意了，一種無法活下去的溫暖，淡黃色的窗簾，嫩青的植物與透明的水族箱，安詳等待餵食的魚，許多要好的朋友都很健康的那種時光。

也許我將請求妳爲我讀一首詩，三十歲以後還是詩人嗎？妳會微笑，晚餐，浴室的地該洗了，桌巾該換成春天的顏色了，週末該去看母親了，芒果爛了。而妳會爲我買新的內衣，我會計畫買一輛車，妳會爲我準備好旅行要用的襪子與眼藥水，我會計畫結婚紀念日的活動，那天妳會問我有多愛妳，我會說我們一起來唸一首詩，我們甚至會感動，因爲一切都很好，但隨即我們會想起要找人修理熱水器了，預約洗頭，我會說底片要趕快照完不然放久會發霉，妳說妳又開始偏頭痛了，我會用毯子包裹妳說休息一會兒，妳會睡著，夢見我在遊逛發光的網路，一頁又一頁的沒有盡頭，也沒有夢。

用手摸雨水，素描站在樹下臨檢的三個警察，很用心聽鄰人練鋼琴的那些中斷與錯誤，並且眞心喜愛，看畫展，批評政治，甚至去投票，這些都是昨日的種種，現在還是覺得眞好，但實在沒有力氣也無法集中精神，像去愛一個人，爲她唱歌，曾經在走廊上種茶花，養狗，幫狗取名字，在公園請別人爲我們照相，喜歡皮衣、爵士樂，現在還是覺得眞好，像自己在家裡煮義大利麵，喝咖啡，但已不再能眞正擁有什麼了。

曾經想當一個詩人，在十五歲到二十五歲間，撫摸生活裡的過程，許多鮮猛的觸感，粗糙與細緻，都有很難言喻的悸動，有一點像是興奮，又有一點像是感傷，總覺得黃昏以後有什麼事即將發生，所有的細節，也都賦予它某種意義。

而誰沒有過？其實誰都有過。在華麗的意象裡，譬如布拉格深夜的街頭，一對還在賣唱的老夫婦用陌生的語言唱出悲傷的歌，你幾乎明白那種異國的悲傷；譬如說公車鄰座的女子，讀信時的眼淚只有你看到了；譬如說豔陽天裡，在街角瞥見暗戀的對象正和別人一起穿過紅燈的馬路。而有些意象是極草率的，一隻死鳥、降旗典禮、時鐘店、《道德經》注解，無論哪一種，都讓你覺得美，覺得莫名地要爲它寫下些什麼，創造些什麼。其他如佛像的微笑、郵票、芭蕾舞教室的玻璃窗。

關於語言、技巧那些問題，你也一定下過一些工夫，我也一樣，但大部分你覺得最好的詩，都是神授式的，又叫克理斯瑪，你還會對你的讀者解釋，而語言、技巧的那些部分，只在修改或再版時偶爾動用。文思泉湧、妙不可言，自己感動了自己，而後群衆感動了群衆，世界感動了世界，你知道惟有詩能解釋另一首詩，愛情能滋長另一段愛情。歡呼、慶典與煙火，那時你卻躲在暗處，沉浸在另一首即將誕生的詩的喜悅裡。當然你會有瓶頸，會遭受到質疑，要不要批判社會，要不要如此明顯地暴露自己，你會猶豫，要不要拍沙龍照，會煩心，如果沒有得獎怎麼辦，會沒有靈感，暫時性地。但你最終靈感會來，會得獎，會有眞實的照片，你會宣稱你走自己的路，不媚俗。於是你成功了，你是詩人，你本來就是，那一刻更是，因爲你接近了純粹的藝術本質，或就融入其中，沒有一點雜音，就像夢想，但不是夢想，因爲你清醒、理性而且自由。

接著你就忙碌了起來，建立一種風格，改變一種風格，會見某人，拒絕某人。接著你就胖了，買車了，買保險了，辦了大哥大，買房子，穿西裝了，你還寫詩，愈來愈像自己，愈來愈揣摩他們是被你的什麼所感動，你複製那種東西，有時你在晚上煩躁，電話又響了，又停水了，又便祕了。

接著你就老了，不行了。當然這是幾年以後，發生了那些事以後。

但以前的名聲還能讓你出席各種研討、講習與頒獎典禮，你聽到有人批評你，但你說那是嫉妒的中傷，你的書賣得差，詩也沒有人要看了，甚至變成負面教材，你先是憤怒，隨後是茫然，用庾信杜甫之類來安慰自己。或者打電話給朋友，要他頒發榮譽狀，並暗示學生爲自己寫評論，發表在詩刊，但沒有用，脫掉西裝，我坐在房間裡，問妻子，三十歲以後是不是詩人，四十歲以後是不是詩人，五十歲以後……，妻子微笑，唸了一首當年的詩，在《郭德堡變奏曲》裡，或是奧芬巴赫，隨即想到要繳納房屋稅了，錄影帶到期限了，還有，該做健康檢查了，我竟然便睡著，聽到隔壁打乒乓球的噪音。

旅館窗前的矮樹在雨中顯得好孤獨，寫一張明信片寄給家人，燈太暗了，對面一男一女在鎖門，高跟鞋消失在走廊盡頭。一只中國青瓷的大圓花瓶，黃昏，滿園子都是鳥鳴，最後一班公車，別人的世界，你的寂寞。還會記得這些嗎，年輕時的旅途，或者在相同的旅途中，還會有相同的感受嗎？不會的，不會的，你我會想到更遠，孩子的畢業典禮，選舉鬥爭，遺產稅，還會坐下來寫一首詩嗎，在紙上一個字一個字地寫完好幾個句子，將意象轉化，產生聯想，像橋梁銜接橋梁，星空連成神話。

生活。

生活是一條腸子，自從火車地下化後，你感到每天都被消化，每天都是被排泄出的殘渣，想活得自在就去廟裡，打禪七，喫菜根，捐香油錢，或是去一場西天和尚的法會，或是去一場名爲身心安頓的講演，或去鄉土尋根之旅，推石磨，摘果子，太有詩意了，你覺得自己慢慢在學習，上進或是墮落，都是一門功課，而人該這樣活，要充電，你當年允諾過的熱氣球，你當年放不下的理想，都放下吧！大師說，都放下吧！不要不好意思，去洗個溫泉喫個野菜，如果單身一人，何妨召妓？於是你好好的生活了，上了軌道，懂得生命的眞諦，還對人宣稱：懂得愛。

我也懂得，我的下一本書就叫《懂得愛》，它將在書店的進門處促銷，像健康食品或瓦斯防爆器。我會說些若有若無的故事，當然都含有人生的智慧，有風塵挨凜的異人，有大智若愚的對話，小心的修辭，適度的誇張與模稜兩可，看似平淡，讀來卻很雋永，找名家來插畫，政客來推薦，有些人會喜歡，會拿出來討論，我告訴你，寫作就是服裝秀，創意就是流行，流行就是價值，價值就是存在的意義。寫多的就會成書，聚沙成塔，呼風喚雨，大家都喜歡這樣的故事，說它美，什麼是美，就像一塊風化的磚石，你在其中看見入世的滄桑。

爲什麼要用這種方式拉小提琴，爲什麼要將這些顏色與線條相接，藥丸上的英文字，講義上綠色的迴紋針，手錶停了，整條街的漢字都碎成一筆一劃，囚犯的沉默，濕度，氣溫，夜晚，《文心雕龍》，流浪漢身下的毯子，高速公路兩邊的黃線在雨中的亮度，舊日曆。這些都比不上生活的殘酷，也不足以抵擋，生活，生活就是用海藻浴精添加活性膠原蛋白及抗老化成分去角質去浸泡一身肥油，然後悶蒸半小時，送給時間去吞噬。

朋友送給我一尊陶像，他解釋說那個人注視著他自己的手掌，而他的下半身已全部融化了。從期刊上剪下來一枚章印，刻的是「煮字爲藥」。鄰居出嫁的那天，我發現附近荒地的草已長過鐵皮牆，伸到外面來了。修理浴室積水的工人問我每天掉幾根頭髮。

詩與生活是如此接近，一不小心詩就成了生活，成了媚俗的一部分，而曾經我想作一個詩人，那是將生活提煉爲詩的工作，但我終究沒有成功。我所寫的，大多沒有意義，眞正有意義的美，我知道不是能從文字裡去表現，去聯結的，而是在生活裡突然而來的實存事物，卻在一剎那裡，或是在往後無盡的追想裡，產生出那無可名狀的美與不美，感動與不感動。那就像在星期天交流道附近的大賣場裡，短褲腿毛與涼鞋的胖子，穿著黃色的，胸前寫了英文字的汗衫，後面必然跟了紮馬尾，因爲常常過勞與惱怒而衰老的女人，推著一台購物車，車上坐著一個小的在哭，後面跟著兩個打鬧不休的，他們在人潮裡買完一週所需後，還逛了些平常不去的櫃檯，譬如買一台折扣加會員價的床頭音響，也許睡前可以聽些輕音樂，譬如買一件因過季而三折的海藍泳裝，也許明年能夠去一趟八仙水上樂園，也許給三個小孩各買一盒哈根達冰淇淋，因爲這個月加發業績獎金，然後幸福地往地下停車場去開那輛半舊的車，大家都很快樂，像日本劇裡常說的幸福幸福，但我想起了那些人都曾有過許諾。

夢想不斷逃離，像一根燭火無形而逝的煙，每一首詩都難逃被背叛，每一首詩都是寫在水面或是沙地上的千言萬語。

親愛的妻子，請容我在妳耳邊不斷絮聒，因爲我無法停止對周遭事物的描述，它們的形狀、顏色、氣味與膚觸，那些無可名狀的無可抗拒，這個世界的最後一點眞實。但文字的意義不斷改換，生命沉淪，沒有人能眞正成爲詩人，乘著五彩的熱氣球離去。我們紀念結婚週年的蛋糕在冰箱裡，鄰居偷走了報紙，蘭花謝了，水燒開了，雨停後的微光，塵埃，《快雪時晴帖》，高壓電。寫作是生命的劫灰，將永遠陸沉於世界紛繁的湖底。

親愛的妻子，請關上窗戶，我害怕這瞬間的念頭會逸出軌範的世界，像昨天一樣地不再回來，衣服洗好該晾了，垃圾車快來了，催稿的電話要不要接，好朋友們都健康的那些週末午后，電視節目即將開始，人生惘然，什麼是寫作，親愛的妻子，當我們的手中只賸下難以數計的睏乏，輕易失去的夢想，一百年後還是詩人嗎？三千萬年後還是詩人嗎？

窗前茶花

多久沒有被一支渾厚的歌觸動心絃了，多久沒有爲一句詩寫下另一句詩？多久沒有珍藏什麼的意念，多久沒有微微喜悅、輕輕的悲傷。當黎明一次又一次搖醒生命，黃昏每天暗下來卻還未點上燈時，還有沒有爲誰而佇立，或是只賸下不知何適的徘徊；是哪一隻眼睛在暗中凝視，哪一種跫音於暗中逡巡？在座中醉客延醒客的世局裡，誰甘爲起身出走的背影；抑或在江上晴雲雜雨雲的悲涼中，要如何忍住一滴即將流下的眼淚……。窗璃顧影，歲暮晚寒，好像就是一個時代走到了盛衰必須交替的那個時刻，多餘的擁擁攘攘在我的心中暗爲背後疲倦的煙火，我只渴望眼前一盞素色的燈，一幅沉靜的畫，或是一個平淡的約會，像窗台上的白茶花，開了，又將謝去。

栽植兩株茶花已歷餘年，一紅一白，二尺幅那麼高，白花名號曰「六角」，紅花無名。

養在深藍的方盆裡，素雅清麗，斜倚的姿態頗有嶔拔的古意，碧綠的葉子團團簇簇，常帶給我生命的喜悅。現在它們是每年春初必然來探訪我的密友，玉貌青衣，斜風細雨，我可以放下所有的勞頓，以無言之語促膝密談。

它說既然存在，就必須持定一種美的姿態。故凡世間不能沾染的潔淨、不與相爭的謙懷、不共喧囂的恬淡，都是我們會心的話題。幾里的煙塵，多少的煩擾，總在無意的會晤中散去，廛市陋巷，而我也竟有了許多清淡的早晨，靜謐的黃昏。在春色輕輕的觸碰裡感到歲華悠遠，生命繁複而簡單，有時竟讓我想寫一封很長的信，寄給最遠的人。

茶花幽豔，世人多愛，白先勇曾經在文中寫道，「我園中六七十棵茶花競相開發，嬌紅嫩白，熱鬧非凡……春日負暄，我坐在園中靠椅上，品茗讀報，有百花相伴，暫且貪享人間瞬息繁華……」每讀至此，總是不免羨其園林錦繡，又不免哀慟所有人間之過往，都是瞬息。看遍林花春紅，從古到今無不是匆匆而已，或許正因勘透了這種無常，詩人纔教有情人「春心莫共花爭發，一寸相思一寸灰」。惟我依然在每歲殘冬中，期待著窗前兩樹幽茶含苞吐蕊，似乎看見複瓣的曼陀日夜旋轉，沉澱清心，分付慧覺。

至於花謝萎地，倒不一定需有風聲雨夜，時候到了，自然而去，有點「既醉而退，曾不吝情去留」的味道。而我兩花個性不同，紅花片片飄下，蒼苔泥上一片繽紛，總讓人有拾起數瓣夾諸典冊的癡心；白花則在枝頭日漸枯黃，整朵落下，擲地有聲，大約「落花猶似墜樓人」的景況，十分驚心。然我但願它們都化春泥，潔來潔去，以便相約明年春草綠時。

今日難得陽和，窗畔竹風花影，細數茶樹，幾多謝去，數朵未開，遠方隱隱是繁華台北週末的喧鬧，也許我該效白先勇「貪享」眼前的瀲灩春景，將自我融化在迷離的塵世中，然而我只想學蘇東坡「老病逢春只思睡，獨求僧榻寄須臾」的惘然，尤其在我岑寂的榻邊，最好一首是白茶花將謝未謝的昨日，一首是紅茶花初開未開的明天。

盒

0

撫過一排一排高低不齊的書本，伴隨著印表機低沉而有韻的軋軋聲，像一首溫柔的歌，一字一句地說出一個夢境，那樣地遲緩、古老，彷彿一條沉重的河流，在行過一千萬里後注入了深邃無波的海，像夜裡的微光，寂靜地化入天穹，那樣輕聲輕聲地嘆息，不過也只是一口微涼的苦茶之後了吧。

1

精裝的、平裝的、線裝的、頁角已捲曲的、還夾有籤注的、附插圖的、隨想的、殘缺的……撫過這些書籍，有些已沾上了灰塵，在手指的紋路間顯得粗糙，有些已脫了裝釘線，零散著顯得淒涼。封面燙著金字的、或是用書法寫著標題，橫排的簡體字與直排的繁體字，一切都已經沒有什麼差別了吧！一本一本陳列在書架上躋身為知識的一部分，既不顯著地述說過往，也不招搖地預示未來，只是平靜地直立著或傾斜著，如情侶般地相互依賴，綿綿不絕。

黯淡的燈光照落，穿梭其間有如游魚，搖尾於稀疏的牆垣，不時側身以容另一尾陌生的影子游移而過，或是穿過狹小的縫隙，對臨邊熟悉的眼神會心一笑。就在這樣的迷宮裡，度過了晨昏、四季與所有人潮，最後，自己終也是架上的一冊幽靈，只能望著穿梭不息，有如自己過往的人魚，並不時對著好奇的眼睛，展示自己心中曾經形成過的宇宙：那些虛無的軌道、假設出來的定理以及不曾眞正運行過的天體……最後傲然地成為他人世界裡的一粒微塵，支架另一張星圖的一點燁光。

這樣又是許多的晨昏，許多的四季，肩倚著肩排列至遙遠他方的隊伍太長了，向四面八方無窮盡地伸展，包裹住了天地，其中也無所謂晨昏，也無所謂四季，有如在那原始的洞穴裡，壁上畫滿過去世界的美與期望，快樂與憂傷……，而這一切，卻都不是一簇微弱的火光所能照亮，一眼所能看完。於是我們在裡面追尋著、摸索著，像是困在一層又一層的盒子裡，期望著打開所有隱祕與沉重的盒蓋，透進眞實的聲音，一片光明。

2

……收到你寄來的禮物了，盒中盒的雕工細緻，這樣精巧的漆器據歷史課本所說，恐怕是中國傳到西方去的吧！不過添加了當地的民族色彩，異國的風情令我不禁也想去遨遊一番，可惜近來學位論文寫作的進度頗緩，這些想法也只能是白日夢而已。

日子一成不變，每天只是在圖書館中閱讀文獻資料而已。早上太陽在左手邊，下午就從右邊照進來了。一片光亮中細塵飄浮在空氣裡，伴隨著各種奇異的味道，線裝古書脆黃的棉紙所散發出的是沉鬱的木質氣，彷彿走在一片雨後的樹林子裡，清涼但不覺得潮溼；西洋的翻譯書則充滿船艙的霉味，一點點海風的鹹腥令人想起西班牙的艦隊與海盜的寶藏；簡體字的書油墨味特重，好像是新貼起的大字報，未乾的口號裡不時透露出閃爍的雄辯……其他諸如炭燒咖啡的濃郁、長壽香菸吐出的酸朽以及早晨柳林中的風氣等，眞是恍如置身嗅覺的博物館，一整天下來，腦中沉甸甸地記不住什麼，只是一味地暈眩與發脹。

曾經試著遠離它們，讓自己重新呼吸到簡單的氧氣，然而周遭好似有一堵無形的牆，困住流通的風也困住我的呼吸，無論是我坐在春樹已青的草地上，或是走在澄淨的細雨湖邊，所領略的仍是那些混合著各種時空的氣息，就像是身處在一只有軟木塞的瓶子中，永遠感覺不到看得見的世界。或許這些氣味已經形成了我心中的某一個記憶，也可能是我變成了它們之間的一個環節，彼此既無法脫離，也不容相忘……。

對於這一切時常也不免感嘆與懷疑，與同儕交換收集氣味，或形成氣味的心得，然後啜飲著茶，將燈下盈滿徒然的喟嘆。也許只是一些牢騷吧，正如你所說，我正專心地寫一本「書」呢！以後它將歸入人類知識的一部分，在一個號碼下，它將是被記錄下來對於世界的一種觀點，產生自宇宙運作的規則，但甚至足以影響這樣的規則。有沒有覺得很偉大呢？其實有時想想，我也是覺得十分好笑。

3

潺潺的燈光淹沒了一個又一個幽靜的夜，敲打鍵盤的聲響傳自心底，又彷彿達入天聽，爲寂寥的時空添得一些節慶般的熱鬧，又像雨點擴散出去的涼意，沒有開始，也沒有結束。

印在螢屏上的文字幾乎是那樣的熟悉，卻又是那樣的陌生而遙遠，就像窗外流過的車聲、人聲，還來不及了解，就已經消散。

燈下的工作，有如放下長長的繩索在幽深的夜裡取一桶未知的泉水，那是曾經豪華地在自傳裡期許過的執著嗎?文字太易於使人疲憊了，甚至於衰老，它負載了太多可能與不可能的意義，串連起太多眞實與不眞實的世界，也許早在第一個眞人試圖用一組簡單的符號來表達某個意念時，它的宿命就是如此，在打造一把可以開啓所有秘密的鎖匙時，幾乎在同時一堵禁錮生命的牢固石牆也隨之完成。而那些精心構思，企圖描畫出通往神秘地帶的圖譜，或是想像在自我夢裡追尋聖杯的際遇，實際上卻更像是在構築延遲行人通過的迷宮，誇大自我可能的荒誕，是生命太輕，不能背負沉重的意義；抑或是過於嚴肅的理想，不能被太輕易的價值解釋?

耗盡長夜的，除了撿拾因失眠而不斷脫落的髮，賸下只賸傾聽印表機裡軋軋而出多餘的苦惱、疲憊與感傷，有韻的節奏恍如置身後夢境的迷惘，不知是仍處在尚未結束之憂心或悵然如此就已結束的兩難焦慮，還是已優游於一切已是無所謂般的蕭然，而裝訂成冊的理想、遊戲與無可奈何，無論精裝或平裝，最後終是要通過測試，證明它的拉力、壓力、耐撞力以及種種必須的可能，然後放在陰鬱的角落，一面踮高世界的腳尖，一面塡補牆上的罅隙，安於蠹魚的啃食，卻不適宜劇烈的氧化。

4

你去過的海港眞像明信片上的風景嗎？乳白色的郵輪與脹滿貿易風的帆朵，在一片陽光裡，你的帆布球鞋究竟走過多少石子路，發白的背包與格子衫流連過多少榆蔭下的咖啡座？

我仍是生活在玻璃瓶裡的芥子，儘管日子過得粗糙不堪，混亂的街市與無窮的喧囂，惡質的電視節目與狼籍的新聞，我懷疑整個世界有自我毀滅的欲望，刻意地製造衝突與不愉快。時常把玩著上次你寄來的盒中盒，似乎它是惟一在近日裡透進我窗縫的眞正的陽光和空氣，啊！異國……。

我將它一層一層地打開取出，又將它一層一層地收攏，它既是盒子，總該放些什麼在裡面才好，不過我想了許久，並沒有適合的物件可以放在其中，最內層的小盒子空間實在太小，連一顆玻璃珠都無法容納，外層的空間雖然寬裕，但不把其他的小盒子放在其中總覺得十分怪異，畢竟他們該是不可分離的一個族群，因此只好每天讓它空著，不去裝置什麼。

問起我每日每日汲汲營營的努力，就像一葉小舟喫力划過文字的海洋，經常性地被捲入風暴與漩渦，而那些理想（曾經在一九八五年杜蘭·杜蘭合唱團滑稽的樂聲中升起，在高中校車窗外不斷向後飛去的風景中形成，而在大學校園繽紛的生活中失落，而後又重新在一九九五年某個近於不眞實的熱鬧週末裡拾起，那時陽光熾亮逼人，我失去了人群裡的茫然），在眞實的接近與觸摸之後，終是又遺落在漫漫的字裡行間。而目前每日汲汲營營的努力，除了追懷一些過往的夢，就膾下去打開一個又一個盒子，去看看裡面是不是有我想要的寶藏，然後再闔上一個又一個盒子，放回原處，就像原先，我不曾打開過的那樣。

而我時常猜想，當你在讀這些文字時，正坐在怎樣的風景中呢？我試想是在海潮聲裡，收音機正撥放著一九八五年杜蘭・杜蘭合唱團滑稽的樂聲，那時，我正困在青少年的煩惱裡，藉著一點點不同的夢走出青春歲月的時間與空間，而現在，我卻需要一點點不同的煩惱，走回我被困住許久的夢。

5

「無論是書或是沙，根本就不會有起點或結束……」（註）輕撫過架上的每一本書，這本原是爲了夢想而寫卻隱淪爲故事的論文該插在哪兩冊書之間呢？

意義自我完成，旋即又自我消散，何曾捕捉過眞實的瞬間，就像那些流動的風景、遠去的歌聲，從來沒有駐足的時候。我彷佛看見自己，打開一層又一層的盒蓋，釋放出原本被關在其中的幽靈，再將自己放入其中，闔上一層又一層的盒蓋。知識無限伸展，世界也隨之同步擴大千萬倍，一本書的完成不正是爲蒙昧打開了一層盒蓋，但也同時是關上了另一層。

「知也無涯……」大風吹過樹下，語音變得依稀，那時，西陽已斜，炊煙飄散在晚風之中。

6

我的學位論文將近完成了，你旅行的腳步到了何方？

隨著印表機永遠一致的聲響，一頁一頁送入的白紙印滿文字又被送出，心中漸漸空了一般，好像所有的思緒都化作墨水被密密地排列在雪白的紙上，沒有預期中的狂喜，反而有意外的平靜與虛弱。

你問我以後的計畫，其實，我在心中早已打算了許久，也許寫作一篇關於盒子的文章，描述在靜靜的夜裡，我爲了釋放自己而打開了那一層一層的盒中盒，其實卻是將自己一層一層的閉藏其中。

註：引自：波赫士〈沙之書〉。

小詩一首

問余何事棲碧山，笑而不答心自閑；
桃花流水窅然去，別有天地非人間。

1

夜來一陣雨下，滿窗喧囂的市聲化成了淡淡的雨聲，整條街道的擁擠與煩擾在雨中沉默成一個微光的夜，並不深邃，像心中的一片水塘，在寂靜裡的一盞溫茶，徐徐蒸發著無以名之的清意，遠了、近了，又遠了的天籟，如果雨聲是初春的夢，那麼雨聲裡的詩句，合當是這夢裡的春天。

這樣的夜最宜觀畫賞書，在漫漫的雨窗前點一盞虛燈，字，最好是清癯的楮體，或是亡國皇帝最後一筆風流的銀鉤，而桃花是適宜的，一枚斑剝的印痕，豔紅的盡頭乃是一抹令人無可嘆息的淒涼，正是敲碎凡塵的槌點，在冰冷的石級上一夜又一夜，乃至於今生今世的雨夜裡，捨一身欲盡的繁華。而正不是「閒敲碁子落燈花」的無奈，卻也不是羅帳燭紅的浪漫可憐，更非蛙聲處處的野趣禪機，沒有平明送客的悵惘，亦不作巴山夜話的寒傖，這樣的雨，該是肥蕉瘦柳地爛漫，這樣的夜，原是紅尾鸜鵒銀腳鍊的琤琮。

而我只有一屋子的光亮，或者，選擇一傘松雨搖落的清高，在字句間搖櫓，欸乃彷彿穿過藕花的蓮塘，古祠寒泉，月色是可有可無的，遠遠只需有一角飛簷，斑剝的梁柱，土堤岸旁是吹笛的人，一夜咿唔著就這般行去了，行去了……遠至一千萬個春天的雨夜，一千萬個雨夜的春天。

2

收到你的來信，多餘的只是感嘆。

而感嘆本身，如果就已經是你要說的全部了。

午后微微出了一會兒的陽光，弱得像一畦油菜花的初黃，或是不熟稔的鋼琴聲，鑼鼓的喧鬧裡野台戲賣力地挑戰前所未有的冷清，冷清，對於人間片刻安閒的企求來說卻是適合的。

窗前的木棉正舞蹈著，陰陰雨雨的季候中顯得尷尬，而音樂已經唱完了整個被壓抑的春天，矜持於貴族風的油畫顯得苦悶，鐵柵欄外的木棉，在鑼鼓聲裡濕成午后的偶然音樂，但不是春天，總可以重來。

關於你的來信，我不能忘記在擁擠城市打濕自己的經驗，雨已經將停了，挖破的地下水管湧出清泉，沖走許多色彩繽紛的保護旗幟，在沒有盡頭的焦慮裡，如今我也只能相信，隨水而去的，除了桃花、歲月，那些經常被提到而顯得廉價的幸福之感。

3

景況是徒然地徒然……

鬢邊的顏色由衷碧綠，走廊仍舊漏水，待修的清單長過一朵又一朵飄向下游而去的殘春，春樹既狂妄又靜地燃燒，雲與風，在黃昏中都必須以告解的原諒想去，在大學的校園中，一件舊毛衣般的人生，一本破爛燙金書般的人生，一個冷清舞會般不可以名之的夢境。

（凡無可以舉隅歸類者皆屬隸於夢。）

夢……碧草如茵，走走停停的大鐘，你也曾經在詩裡駐足過吧！即使不過瞬間，亦已歷百萬生滅，如果你當是夢。而你不曾駐足的是在緩慢中漸逐瀕老的目光，低垂了、寂寞了、近於遲緩而不善於輕佻、諳於入定而畏聲驚……是你曾在大學的校園中濡溼了足腳，披散的花下年輕……而我只是舟木，不是方向，只是划，輕划，水面的寒瀨，濺起的憂傷，在倒影裡，流過了光。

問我要你的夢……你也愛過猝然的淡漠，並不見得美好的故事，或者那是階前，漫天雨下，不曾流連的，不曾離去的，抑或不曾徒然的……如果只是徒然地徒然，如果只是人間。

詩人死生

寫詩只為取悅自己的靈魂

——商禽

0

這天清晨，西元七七〇年，唐代宗大歷五年庚戌，冬，湖南省的南方，靠近潭州的江水上，詩人靜靜地倚在船篷邊，這天氣溫在攝氏十度以下，但對於當地的氣候而言已是十分暖和了，江水並不湍急，幾天的風雨在昨天黃昏就慢慢歇止，詩人好久沒有見到陽光，今天的雲層仍然厚實蒼灰，曲折的水流在眼前向北方無限擴展，山峰青翠，倒映在水底彷彿也隨輕波而搖蕩，岸上沒有一個行人，遠處茅舍灰煙一縷，烏鴉沉重而深遠的嘶喚，爲蕭條的冬景增添了寒意，詩人心念北歸也許無期，岸邊幾株著霜老樹似乎努力想冒出新芽，詩人並不覺得悲傷，但終於還是流下淚來。

1

詩人杜甫，生於唐睿宗景雲三年壬子正月元日，西元七一二年，是歲，正月改元太極，五月改元延和，七月傳位太子隆基，即玄宗，八月改元先天；詩人卒於代宗大歷五年庚戌冬，年五十九。

這些乾燥的敘述無關詩人死生之閎旨，而詩人的生平疑點專家也早有定論，許多關於詩人的流言，如飫死、驚死等，也被強有力的證據一一駁斥，但叢編裡浩瀚的資料仍留下了一小段的空白：詩人在寫完最後一篇作品〈風疾舟中伏枕書懷〉，至其肉體死亡的那段期間，沒有任何人知道他是如何度過的，他望見了怎樣的風景、留下了什麼遺言？有誰爲他飄蓬的一生哭泣……

詩人降生這年，歷史上最浪漫的皇帝登基，老派宮庭詩人宋之問賜死於西南荒僻的桂州驛，王維、孟浩然這兩位即將震動詩壇的才子方且二十出頭，已經寫出了好些精采的作品，「盛唐」的政治氣候與文化氛圍已經就緒，這時的詩人杜甫，在河南鞏縣瑤灣一戶民宅的襁褓中，呼吸著大唐帝國凜冽的金色空氣，他的眼裡是晴空蔚藍，沒有人知道他將有坎坷的一生，以及那璀璨的、近乎神聖的詩藝成就。

2

許多人都有一個印象：大凡偉大的藝術家在生前都不甚得意，甚至於潦倒，在死後才漸漸爲人所識，更有「文窮而後工」之說。

但放眼唐代，許多詩人都是身前得意而名重當時，封侯者如張說、蘇頲、李嶠、蘇味道；拜相者如張九齡、元稹；即非顯達如此，翰林學士李白詩名震動朝野，國子祭酒韓愈一代文宗，都不是在生命消殞之後才得享大名的，雖有「鬼才」李賀辛苦一生，短命而卒，但其生時已大受韓愈讚賞，死後友人也爲其編纂了詩集行世；即使是「百寶流蘇、千絲鐵網」的李商隱，雖然在仕宦上終身沉淪，但其文亦被當時的盟主白居易所稱美，其作《樊南四六甲乙集》、《玉谿生詩》在死後也少散佚，華麗的詩風更在不久之後形成了大規模的集體效仿。

只有詩人杜甫，身前蕭條異常，死後也冷落多時。

杜甫生時的蹇厄，不用去翻檢生平事跡考，從詩句裡就可看見：「朝扣富兒門，暮隨肥馬塵，殘杯與冷炙，到處潛悲辛」（〈奉贈韋左丞丈二十二韻〉）這時詩人三十七歲；「飄蓬逾三年，回首肝肺熱」（〈鐵堂峽〉）這時詩人四十八歲；「艱難苦恨繁霜鬢，潦倒新停濁酒杯」（〈登高〉）這時詩人五十六歲。

以中國傳統的觀點來看，杜甫的死亡是一個絕對的悲涼。

不在生長的故鄉，不在安穩的家室，沒有兒孫滿堂、友朋聚集，沒有壽衣壽帽，沒有金玉棺槨，沒有道士步虛作法，沒有和尚唸經超渡，甚至長久地無法下葬，不能入土爲安。詩人杜甫，身著滿身是補綴的殘破皮襖，只有一身重病，和許多的回憶與空想，最幼小的女兒在數月前已然病死客舟中，如今這隻小船，依舊飄蕩在千頃的江湖煙雨，茫茫不知所終。

連一位弔唁的人也沒有，杜甫簡陋的靈櫬只好就近暫厝於岳州的破廟之中，四十三年後才由孫子杜嗣業扶櫬歸偃師葬於首陽山下，杜甫詩魂足足在異鄉徘徊了近半個世紀。

然而，現世的生命其實並不可惜，人間的繁文縟節也不值得計較，死亡是一個寧靜的程序，本不須太多鋪張。惟令人遺憾的，是詩人一生心血，所有詩作，就在詩人死後一同湮沒了。沒有人知道杜甫是誰，在當時。現有的文獻記載，在唐代曾經稱許杜甫的重要文人僅有韓愈與元稹。其中元稹是被動地在杜嗣業的央求下，寫了一篇墓誌銘：「自詩人以來，未有如子美者」，算是一種禮貌的應酬話；韓愈在寫給張籍的詩中曾經說：「李杜文章在，光燄萬丈長」，這裡不但拉上李白，其後似也沒有太多下文。即使元稹、韓愈對杜甫是來自眞心的稱許，但在中晚唐大多數詩人眼中，杜甫仍不是一個公推的大家，唐人自選唐詩的數十種集子裡，只有晚唐五代的韋莊，在編纂《又玄集》時選錄了杜甫七首詩，其他選集，包括了一些後世公認極重要、或是選詩者理念與杜甫極爲相近的選本，對杜甫都完全不著一字。

杜甫三十九歲時，在獻給皇帝的賦表中自述詩作有千篇之多，而我們現在所能看見的，杜甫四十四歲以前的詩歌僅賸百首，有可能是中國文學上最好的一些作品無端地消失了。詩作陸沉，也許是比肉體的消殞更令人感慨吧！

3

那年冬天，詩人眞正死亡了。現世的生命與心神的結晶同時殞落，江水悠悠，不發一語。

但詩人的精神竟穿過了時光重重，甦醒在另一個時空，那些散佚的詩句經過了歲月的洗滌與過濾，慢慢地又從暗中浮現，帶著另一種光芒，讓長久發光的星辰爲之黯澹。於是詩人杜甫重新活了過來，重新年輕又衰老、重新憂傷、重新爲我們的民族見證了一頁痛史，一部興亡的滄桑。

這個過程看似輕易，其實卻是漫長而巧合的。一方面來自於文化轉型的必然，同時也包括了一些文學熱愛者的努力，但也滲入了幾許的荒謬的機緣。

杜甫死後，其子宗文、宗武貧困不能自保，加上戰火離亂，杜甫文集就此沒於江南。而當時名不見經傳的潤州刺史樊晃，卻以一己之力，搜羅編輯了近三百篇散失的作品，爲杜甫詩歌的保存作出了最早的貢獻。我們今天無法肯定樊晃的動機爲何，但可以想像他一定是杜詩最早的熱愛者，一個素未謀面的知音，這讓我們相信一個偉大的藝術靈魂有時黯然，但絕不永遠冷落。西方學者班雅明說：「通常研究抒情作品的目標，是幫助讀者進入某種詩意的心境，使他可以參與詩人當時的忘我激情」，善哉斯言，但在中國式的觀點中，眞正的藝術相遇於有心的讀者，其實已有不言而喩的心領神會，正如莊子所謂的「莫逆」，或是畫家筆下的「虎溪三笑」，他們並不需要「研究者」的從旁協助，而能視時間和空間於無物，直接作感情上的交流。我猜想樊晃與杜甫之間的關係可能如此。

因私人喜愛而搜集、編纂，一直是中國詩文集保存的主要管道，這種私密的工作，不僅須要慧眼、財力與機緣，同時更須以無比的熱情來成就，更重要的是要有一代一代的傳承，否則前人的辛苦很容易被後人當廢紙論斤處理，或莫名地爲水火所吞噬。這種長期與時間的耐力賽，考驗的不是一兩個人，而是整個家族的教育體系，整個社會的文化水平。杜甫在唐代沒有這些幸運，樊晃之後，集子又東飄西散，沉埋水火。

北宋初年，人們的審美觀開始有了轉變，重尚華豔的風氣漸淡，平實深遠的作品開始受到注意，就像酒闌茶興，杜甫被重新追想。

詩人蘇舜欽（與杜甫同字「子美」）首先企圖編纂「老杜全集」，但卻以時光久遠、散佚嚴重而不能如願。

宋仁宗寶元二年，西元一〇三九年，距離杜甫逝世已兩百六十九年，一場大規模的杜詩整理工作悄悄展開，王洙，另一位杜詩的喜好者，以一己之力，搜集了古今各本，共九十九卷，慎密的檢索辨偽，勘定杜詩一千四百零五首，編成《杜工部集》。以相隔時間之遙遠、文集殘缺之嚴重、交通之不便、資訊、經費之不足，我們可以想見這工程的困難，而這是王洙一生的事業，王洙本人並未留下多少詩作或建立什麼宏偉的詩歌理論，但他編定的杜詩，卻影響了許多後世詩人的創作傾向。《杜工部集》的完成，亦已實際影響了整個中國詩學在批評上的核心思想。而王洙在書序中並沒有說明自己編書的原因，也沒有表彰自己的功勞，只簡單地記載了杜甫的身世與此書的編纂過程，並在最後仍不忘叮囑：「他日有得，尚副（圖）益諸」，強調這是一個未完成的工作，渴望完備的心情溢於言表。事實上，這個工作的確也未完成，一方面後人陸續增補杜詩，成了一千四百五十七首；另一方面，非常奇怪地，王洙並沒有刻印這部作品，所以在當時知道這部書的人並不多，王洙差一點步上樊晃的後塵。

所幸，姑蘇太守王琪，一位附庸風雅，好大喜功的文人，在上任之初，修葺其官府房舍虧空了大量的庫銀，這虛榮的傢伙原是該受到御史糾彈，卻無意間被老杜，以及一批杜詩愛好者給補救了過去。原來王琪是位精明的太原儒生，除了吟風弄月與豪宅美眷的人生享樂，他還頗有生意頭腦，眼看虧空無法塡補，於是便找來了兩位蘇州進士，取得了王洙淹沒當代的本子，重新修補，刊刻販售，精準的市場眼光使萬冊《杜工部集》以「千錢」販賣一空，這項投資實際利潤是使王琪補足銀兩免於丟官下獄，但眞正的文化意義卻是無遠弗屆的，有了較爲完整、嚴謹的集子，研究的工作才能在這種基礎上展開，拜王琪修屋之賜，一脈豐饒的礦床在一夕間展現於衆人眼前，大家爭相在上面開採靈感與搭建理論，宋代即號稱千家注杜，一直到今天，一部杜詩，仍然給予學者以無限的研究空間，而其中的一字一句，都閃耀著詩人千百年前的燭影淚光。

4

王琪的宅院並沒有流傳至今，但他因爲這座宅院所刊刻的一部作品卻完整地保存了下來，九百多年間，不知多少偉大的或是平凡的靈魂，在其中一啄一飲，得以慰藉。

隨著注釋、品評、繫年等工作的陸續展開，我們愈加認識了詩人，不，詩聖杜甫的偉大，儘管時間過去了，他的面貌、言行和思想卻更加清楚了，我們很可能比唐朝的李白、嚴武這些人更了解、也更尊敬杜甫，詩聖杜甫在困苦中由生而死，卻在無聞中由死而生，站上了生命的永恆。

其實不只杜甫如此，每一個詩人，都活在他們的詩句中，只要有人開始誦讀，那麼詩人便從千古而來，與讀者雙手緊緊相握。所以詩人死後不會更加衰老，只會日益年輕，他們由死而得生，和大部分的由生而入死恰好相反。詩人必須死亡，惟有死亡與時間才能夠排除太多不必要的現實因素，還給詩一個眞正的面貌與地位，他們生命的旅程這才開始。

於是，我們知道，那年冬天，江潭的小舟，就在北風中哆唆了起來。大唐帝國陪杜甫走過一甲子，梨園星散，風塵澒洞，此時已不再有金色的空氣與蔚藍的晴空，那年兵馬倥傯，到處都有亂事，一批新起的詩人如李端等在這年考上進士，幾年後他們將縱橫詩壇與政壇。詩人杜甫並不為自己的一生而哀傷，眼前的際遇似乎也無可埋怨，他的一生是帝國最後的盛世，他臨終的詩已近乎國祚輓歌。詩人還想寫些什麼，但已沒有了氣力，將手稿交予次子宗武，吩咐歸葬其祖杜審言之墓旁，端正衣冠，詩人溘然長逝，一條偶爾攀纏船舵的水荇又飄向遠方。那年冬天，全中國的人都在注意靈州邊境吐蕃入寇的鼓聲，只有在湖南南方的江潭邊上，一家數口，靜靜地爲中國最偉大的詩人流下眼淚。

5

穿梭在浩如煙瀚的群書之中，我每日的工作就是在夜間萬籟俱寂時整理它們，每一個詩人化身爲一個號碼陳列在左右的書架上，這些號碼沒有盡頭，一直往無限延伸下去。走過唐代，行過宋代，穿過元明清，一直來到民國，一步就是好幾次興亡。書架的最後一列是完全空著的，似乎在爲未來預備一些空間，又似乎在預言某個年代，將會是一個「無詩」可置的年代。

雖然詩一直是存在的，但這古老的手工業，與大批量產規格化產品的時代精神並不相符，更無法與電子商務、廣告行銷下的任何商品競爭，詩人活著，猶如死亡，因爲詩已經沒有普遍存在的價值，只成爲一種隱祕的幫會活動，我機械地依照《中國圖書分類》查出詩人們的編號，將詩集安置於架上，偶爾撢灰。

這些詩集其實有著精密而深邃的感觸，我幾乎可以嗅出經過燉熬的意象香氣，有些不免矯造，有些似乎尚未成熟，沒有關係，就像江岸老樹努力春芽的感動，此際我總有莫名的快樂與一絲莫名的遺憾。我很想跟誰說些什麼關於詩的事，但總是只有喃喃自語，每個人都太忙了。

它們隔壁的隔壁是杜甫，再過去是屈原，詩人的生命雖是不朽，但已乏人見證，時間並不能阻止我們通向千百年外的情懷，但一朝不再有人在乎這些喜悲了，那麼詩人還活在什麼地方呢？原來時間並不可怕，詩人所害怕的是舉世僅存一種平凡的心。

6

文章千古事，得失寸心知。作者皆殊列，名聲豈浪垂？騷人嗟不見，漢道盛於斯！前輩飛騰入，餘波綺麗爲。後賢兼舊制，歷代各清規……

而詩人杜甫，老早就對我們說過這樣的話了，詩爲寸心而作，亦只寸心可知，千古云云本是俗世觀點，不是爲詩本義——這自是聖人的氣度與洞見，也是對藝術的完全執著。凡爲詩者，應早已看淡了那區區的死生契闊，詩人本無意追求不朽，爲詩只是瞬間的澎湃。詩的目的就只在瞬間，這就是爲何它與永恆相反卻更近於永恆，朝向死亡辯證卻充滿生機。我每讀到此處，就不禁對每一首詩、每一個詩人滿懷信心，想像燈下的書桌不斷流瀉出一行一行的字句，每個晚上就有無數新奇的詩句產生，那就像是田地裡不盡的稻穗同時抽長，或是宇宙在一剎那間分娩了數億個星系……而我只怕我的閱讀實在太慢，趕不上這種增加。

所以每夜，關上了書庫的大燈，我就在狹小的工作室勤讀它們，那裡面有時空洞得令我睏倦，有時如豐富礦藏吸引著我的採掘，就這樣遲緩地一字一句，詩人們擠了進來。我們夜談良久，經常忘了時間，一直聊到天色漸漸轉明。

興亡錄

一、風塵

對於歷史，我們總有過多浪漫的幻想，戲台上，小說裡，說書先生的摺扇收攏又打開，一盞茶由溫到涼的工夫，英雄生，美人死，扭動、起伏著觀衆臉上的線條心裡的疙瘩，彷彿走索人騰空在一條無形的繩索上，一個觔斗，一個踉蹌，都是一陣冷汗一把熱淚；一聲鑼，一聲鼓，誰又退居幕後、誰又粉墨登場？驀地蹲在牆根吸鼻涕的小光頭躍上眞正的舞台，暴喝個響，又領風騷多少年？五百載，三千歲，也不過就一桿菸的長度乃至於熱度，暮鴉飛來，又是哪一處綠柳莊苑，哪一位負鼓盲翁？

對於歷史，君且莫笑，那種癢絲絲、幽恍恍的感覺打腳底竄上腦門，過五關斬六將一夜連搶三關十八寨，眞實且又虛幻，在沉迷於浪漫的歲月裡，終日幻想腰懸虎尾鋼鞭手持方天畫戟，策馬塞下，做場黃粱夢也好，在棉被暖烘烘的冬夜，上打聞太師下擒吳三桂，我猜你我對歷史最早的啓蒙，多是由外道野狐的穿鑿附會添油加醋，因而造成了後來枕在歲月之上的記憶，猶自充滿了馬蹄達達，一枝響箭破空而來的驚悸。

之後走入了更精緻的文明時代，擺脫了左右開弓八百斤的蠻力，眼中漸漸浮出庭台殿宇的輪廓，細看還有梨木窗櫺的花鳥栩栩，太師椅上的權謀縱橫。帝王術與良臣箴，文字家細細堆積出朝覲的氛圍與陰謀的假設，一擠眉一弄眼都是滿腹心機，茶盞的清脆碰撞，夜宴的對答如流飽嘗世故，再用流寇外患的交逼、儒道掙扎的抉擇砌出格局，且敷以落拓文士半眞不假的殘詩斷詞——悶雷乍響，暴雨傾盆，淋濕了對峙在蒼莽平原百萬雄師的血污鎧甲，也沾濡了春閨小園梨花初綻的一抹幽香。「小憐玉體橫陳夜，已報周師入晉陽」，詩句是這麼寫著，而歷史又是這麼重複著，可痛哭，可狂笑，那種種荒唐與自虐、沉晦與迷茫，讀者胸口像著了重拳般地難受，歷史是浪漫的鴉片，讓滿腦子力氣過足了癮，闔上書冊，走出文字與人物交織的迷宮，像一匹螞蟻順路爬出九曲玲瓏球的曲曲折折拐彎抹角，豁然天青地朗大放光明。

伴隨著成長，失望是注定的，教科書裡幾段乾燥的敘述，幾項理性的分析，交代不清史可法的揚州也就罷了，大唐創業不提秦叔寶、程咬金、尉遲恭、李元霸，降賊蘇定方倒成了一代名將。幾張殘缺的圖片也不如人意，劉關張老鈍尚不如貼在廚房裡的年畫：鎧新甲亮且英氣勃勃，趙匡胤太胖而元世祖眼睛太小，蘇東坡身體和腳等長，香妃倒還馬虎，但若這樣的人物能引起戰爭未免有點牽強。關於歷史，在令人昏睡的課堂上，且讓我將眼光移往那藏在分析貞觀之治形成原因的書底，稗官正用豐潤的筆觸完成了神秘的天命：「俄而文皇到來，精采驚人，長揖就座，神清氣朗，滿座生風，顧盼煒如也。……既出，謂虯髯曰：『此世界非公世界……』」而世界本已是虛妄之極，但眞正有哪個時空，能夠裝載這些嶸然風骨，容納這些被現實驅逐的鬚影眉稍、薰香衣冠？

風塵三俠，起陸之漸，際會如期。關於歷史，說書人的摺扇展開又再聚攏，一代已興，一代已亡，江山還是江山，時序仍復春秋。

二、在偶然與必然之間

宋子京曰：「唐亡於黃朝，而禍基於桂林」，放下你手中的故事吧，忘了斜陽下的負鼓盲翁，忘了滿身風霜柳敬亭，點起你的燭火、你的風燈，不須太亮，我們要照探的夜色很長。

關於歷史，一枝箭、一陣風、一把火、一句話、一個隨意的玩笑、一個優柔的片刻、一杯酒、一匹馬、一次無心的意外、一場病……都足以改變，也都不足以改變。沒有造時勢的英雄，也沒有造英雄的時勢，沒有成功，也沒有失敗，沒有生，也沒有死，因爲歷史只有發生而無結束，因此沒有永恆，只有片刻。

只有片刻，意味著一切即將改變，無論在下一瞬，或是在一萬年後，況且佛家早認爲一瞬間不比一萬年更短，也不比一萬年更長。片刻，就是瞬間，樓起樓塌都是如此，一座興亡的樓閣，可能因爲一隻白蟻咬斷了梁柱最後的纖維，可能因爲一根鋼釘在鍛鍊時火候差了半度，因此在瞬間傾圮。但我們仍要鍥而不捨的追問，在偶然與必然之間，哪一類的成分稍多一點，像一塊漫長的灰色，偏黑或偏白。

偶然總是令人振奮，但必然卻令人氣餒，偶然像一個美技，精巧、難得且恰到好處，讓人津津樂道而回味不已。關於偶然，蕭衍用佛法詮釋；隋煬帝用運河邊的垂柳夕陽；陳圓圓在吳梅村的詩裡幽唱；黎元洪不知覺地站上武昌的晨曦邊。必然如同時間、空氣與地心引力，每個人都將面對但鮮少有人提及。故凡人多愛耽於偶然，訴說那就是歷史，但惟有大智慧、大慈悲之人，方能洞悉必然的奧義，有知其不可拂逆而隱遁眞言假語的道家，有知其不可遏抑而逆風奔行的儒家，衣帶在塵沙間揚起，如沖天之鵲將展之翅。

但平凡如我們，大多只是乘著一葉小舟，划在淸風明月的必然之湖，驚嘆於偶然掀起的浪花，垂見一旁水中的倒影，因而想起了自己，正是爲水中倒影所仰望的眞實，一時之間，分不淸究竟誰是我們的前世，誰是我們的今生？太史公曰：「居今之世，志古知道，所以自鏡也，未必盡同。」原來，偶然的是我們錯過了某些夜晚，卻翻開了某些書頁，我們讀到了自己的影子，產生了如此遙深的感慨，但那不是歷史，歷史是在如斯的靜夜，沒有方向的我們，一邊吹笛，一邊搖櫓，在不知覺中，蕩向那必然的蘆荻深處。

三、大歷史

斷橋廢苑，荒台蔓草，這是浪漫的延伸，是詩人自我追尋的淒涼嘆息，一磚一瓦，都不過是塵土；碧蘿暗苔，也無非具有生意。但詩人總愛憑弔，登覽泛舟之際，佳節良辰之時。弔古，也弔今；弔人，也弔己，有時藉酒，有時藉月，彷彿那是古來醉意，又像是從前月光，今時的溫潤。

所謂歷史，在不經意間便積澱於這些詩句辭藻的綯褶裡，日居月諸，寶劍有了冰冷，飛鳥有了意涵，無情的宮闕、燃燒的名字、進貢的花、宏偉的賦、獄中書簡、元和斷碑……一點一點成爲我們意識時空裡的凝定座標，多事者爲它們鋪上馳道、濬通運河，描繪出紅黑虛線，補上鄰近不應被忽略的有關人事，插上牙籤撰寫一段補注說明，一幅有血有肉的歷史圖像便在眼前了，秦漢盎然其古意，唐宋宛轉其風流，誰該同情誰該悲憫都不致誤會，而誰是誰的化身也一一宛然。但未諳其事先感其慨的過程總不免令人質疑，似乎太過耽戀於戲劇式的悲愴中，而忽略了也曾存在過的眞實世界。

而眞實，不過就是鋪陳一切的廣大背景，在科學中還原的面貌，統計上透顯出的差異。用降雨量解釋了戰爭；識字率說明了科舉，說書人戛然辭窮於解釋圖表的意義，於是發現了自己衣衫的寒愴。但聽衆並不滿足，聽衆是從歷史教室逃課的學生，需要清茶瓜子和一點理性外的想像。

這樣的念頭總使我們耽於浪漫的竊喜，因而不再是冷靜的搜索者，會在起居注的瑣碎中翻箱倒櫃，企圖找出藏在床底的皇帝童年。我們把眞實摺疊在口袋，仍然撐傘走過春的石頭秋的昭陵，淒涼的淒涼，而傷痛的傷痛，詩是歷史的釋懷：江水吳宮，堂前燕子，西宮南內……。

似乎我們的靈魂也進駐其中，一啄一飲，那字裡行間涓涓而出的幽情，秉其燭而遊其夜，聞其聲而悲其秋。代復一代，在眞實的本紀列傳表志之外，文人墨客自成風格的心史暗中燃燒，在蹇厄的旅途中慰勞困頓，在離亂的家國後陪飲殘更，多數的人此時已不再去追問前因後果，不再關心庫府裡的錢糧城市中的人口，也不理會工技的發達士人南北的比例。或許因爲他們多已經歷，或許他們亦譜寫了一部同樣的心史，正在洪流裡與之對話……

真實的宏觀，本來自極度微觀的深邃，詩本是史，並非緣於其敘說如何，而是在感受中形成的覺悟，沉重或者輕逸，都已無須爭辯：塞北花、江南雪，今夕還在你的眼中，明朝已是你的身後。

四、興亡錄

歲月多麼安詳地細細洗淨了那些痛苦：初生時的陣痛，死亡時的輾轉。

牢固的文字為有限的記憶打下樁腳，讓事件攀附其上不致流失，但時間過去了，放眼歷史已乾涸的土地，只賸瘦骨嶙峋的文字還插在其上，曾搭篷疊架的綠蔭宛如清風，不見其來，不知其去。

即使如此，我們仍然可以收到一張歷史表列出的清單，一部興亡錄，出生證明與死亡證明交疊的病歷卡，在日月山河的見證下，為亡靈默哀的禱詞與為新生施洗的儀式，都在這張薄紙的背面，看不見，但隱約可聞，雖然我們永遠無法知道其中的秘密，無法參透興亡的天機。像花葉的生長，如晝夜的輪替，多情而又無情。

有人主張伸手進去，觸摸其殘留的溫度，轉化為這個時代的另一種熱能。但我只覺得其冷如冰硬如鐵的性格，以無常裝飾恆常的運行，它將使這個世界復成寒漠，幾近荒原。興亡像一組龐大而精巧的齒輪，發出刺耳的聲音無窮地運轉，齒與縫之間早已預定，沒有誰能置喙。而多情的人們總有捨身於獅虎割肉於兀鷹的浪漫衝動，因此總不免在興亡交替間插手，其後果或可歌可泣，可動可感，但最幸福者莫過於兵臨城下尚在聽佛談玄的昏君，如此安詳地交出了神秘的信約，斧鉞水火，悲歡離合，都被那樣平凡的眼睛看作了遠山的松雪，城郊的春草芊芊。

因此歷史並不要我們感慨，也無企圖留下什麼教訓，更沒有要人判別是非善惡於其中，它只是無心的流水、不定的白雲，對我們的呼喚沒有回聲，任憑誰的努力也挽救不了日益流失的風華絕代。興自興、亡自亡，宜佐酒、可伴琴。「古今多少事，都付笑談中」也罷！「一樽還酹江月」也罷！且小心摺疊起那一紙的沉重，夾在浩如煙瀚的群書之中，小心勿抖落了上面不牢靠的塵埃——興亡錄，本錄興亡而已。這是我們所極為熟悉的：

某年某月，於死於生……

五、人去樓空

「回首可憐歌舞地，秦中自古帝王州」，杜甫〈秋興〉寫到這裡，現實裡的政治興亡之感已告完結，餘下的兩首是傷懷自己的身世而已。較之「關河冷落，殘照當樓」，杜甫的感慨既深且痛，都因秦中已非昔日，而歌舞猶自繞梁。

此心此境，此情此景，在歷史的深淵猶有鏗鏘的回響，一切都將遠去，無論鼓樂喧囂、旌幟漫天。所留下的，只有爲了當年歌舞所建造的亭台樓榭，以及由此亭台樓榭所望出去的風景，所吹拂進來的清風。這些，似乎是想爲當時的流風所遺，捺下見證的手印，或留下一些微小的線索，好讓後人尋著前人的視野，望見依然的山水，產生等量的心思？

後人來去，熱鬧不減當年，但斯樓畢竟是空樓，荒於歲月，荒於嘆息，荒於沒有主人的風霜雨雪，也荒於歷史陰影沉重負荷。

當我輕輕到來，踏過那些足履的回音，穿過時光密封的長廊，生命爲證明「有」而產生了「空」，爲捉住「今」而回到了「昔」，憑窗於徒然的風景，無私地供前後人擷取其色的江山永遠不老，恍若人還是人，樓還是樓。漫遊於生命的過往，歲月轉眼也將成爲自我的負擔，當我悄然離去，誰又將要來憑弔我們的台榭，瀏賞我們的雲煙？

歷史的樓閣，搭蓋在時間的虛緲，一代過去了，一代又將興起，留下了荒蕪的雕梁畫棟，無人的春水渡津。而無情的是依舊風月，在每一代的樓畔窗前，提醒你，它曾普照多少深深庭院。

對於歷史，也許有太多浪漫的幻想，昔人已去，昔樓已空，回顧我們今夜燈火通明的華宴，將留給誰來臨弔？

對於歷史，時光總消磨在無情的輪迴裡，但我們也不必因此而悲觀，當載承著歲月的文字也逐漸枯乾它們的意義，我們必須在此刻開始書寫自己瑣碎的煩憂，文學出走於史學，卻反證了歷史的宏偉；史學分娩了文學，益發榮耀了文字的精華。而我將繼續寫下去，即使是沙書水面，我都必須用燈與筆絮聒生命之不絕，時間是一本無錄之錄，終始同是興亡——而那便是鐫刻石上的永恆字跡。

——本文獲全國學生文學獎第二名

霧中風景

1

你曾經獨自一個人安靜地走過一條霧裡的路嗎?當風景已然隱晦在無邊無際的白灰裡，你看到了什麼?

就像太輕了的生命，在時間裡被逐漸沖淡，最後稀薄得像一縷微風，一聲嘆息，之後就再也什麼都沒有了。而或許你曾經在呼吸間感受，或依稀聽見，那樣的輕，那樣的淡……而你會悲傷嗎?

當你駐足於一條寂靜小巷，當你在一棵青碧的楓樹下傾聽，風在身邊吹過，原來一切都在這樣的平凡中安詳度過，當你發現自己不過也是一片迷茫的風景……而你會悲傷嗎？

霧在山丘間聚集，升起，就像在我心中有小小的旋律，也是那樣輕輕旋轉著，交匯著，由模糊的幾個節奏逐漸形成一支龐大而明確的交響樂章，將我的心，將全部的世界完全佔領，而這時你我的兩個世界將在霧中靠近，逐漸靠近，而彼時，誰又將會是誰的風景……

2

這樣的山丘正是容易起霧的，而人們似乎也習慣了如此的朦朧，林野間總是在清晨或黃昏溢滿或薄或濃的霧色。

初夏時分的清晨，天還沒有亮起，而鳥聲已穿透迷茫，唱響房舍與林間，猶如掀開蓋子的音樂盒，放肆地潑灑天籟的音符。此時瀰漫在周遭的霧是屬於較白且較輕那一類的，乾淨得像無人海邊的細沙，柔軟又似揉皺的絲綢，帶著幾分透明，幾分少女般的不確定。

這時你可以沿著一條依稀可辨的小路，走入又清又涼的林間，或者仰望，或著沉思，就如一片等待的樹葉，或一杓靜美的小花，在天地安詳裡享受那樣輕易，又那樣深沉的閒澹。你將會發現許多秘密，藏在這樣薄涼的晨霧背後一些罕爲人知的際遇，一棵古樹已靜靜地開滿紅花，一株青草因露水而垂頭，在樹梢合十向天的松鼠，從你身旁逐漸走遠的一切……

你也會有許多幻想與回憶，似乎有一泓隱密的泉水，一群鈴鐺清脆的少女頭頂陶瓶前來汲取，而後又消失在微風迷霧之間，你又將想起多少年前這樣的一個清晨裡，你完成了生命中的第一首詩歌，遺落了一張向遠方的火車票，或對鏡第一次剃去唇上頰邊的青澀，沒有嘆息。走進更深的林子，霧更加濃了。環繞你的，除了鳥聲，還有一襲樹木的味道。

霧氣帶著水分浸入了樹的根、樹的枝幹、樹的花葉，將它們蘊藏在深處的質地沾濕，並藉由風的吹送而溶入霧中。松柏是爽脆的乾香，讓人精神為之一振，榕樹是遲緩而低沉的濕味兒，稍一不留心便容易忽略，相思木最具靈性，若隱若現地令人難以捉摸，似在和你遊戲著，而樟木的清香則最爲清遠、瀟灑，不帶任何一絲造作，柳樹則顯得刻意，又過於柔軟，但有一絲童年的記憶……還有許多不知名的樹木，一樣也在霧中發散出獨具一格的氣息，大家追逐著、沉浮著，似在初晨的林間舉行一場盛大而無聲的歡宴，而你只是個無心的闖入者，不覺迷失其中。一陣風來，又將它們全部吹散，就像是一個夢，你還聞得到什麼嗎？

這樣的初夏林間是值得追索的，霧中的風景短暫而美好，隨著朱曦初照，薄薄的晨霧便將散去，化成清朗的微風或青草上的露珠，在你回去的路上沾濕你的屐痕，而你並不對人提起什麼，只是你將永遠記得，這山間初夏的晨霧，是那麼白，那麼輕，乾淨得像無人海邊的細沙，柔軟又似揉皺的絲綢，帶著幾分透明，幾分少女般的不確定……

3

這是我曾對妳說過的話吧！如果妳還記得。

就像是許多我不曾了解的秘密，妳也如此一般地對我說。

也許我們都曾嚮往那樣的情感吧！而我們又怎能去企求，曾經我們讓自己走在那樣的風景中，只是短暫的也好，就像是在少年的時候，用一張淡藍色的信紙，輕易地寫下天眞的話語，投交給一樣天眞的另一顆心，之後，我們又還能企求怎樣的回報？

只有回憶吧！回憶是那樣的年代裡僅賸下的果實了，隨著歲月塵囂，我們又能留下些什麼？依稀的輪廓、依稀的聲音，以及依稀的氣息，而這已遠去的一切啊，對於不再憧憬的現實世界裡，是多麼地無關緊要而又令人羞赧！那樣纖細柔軟的感情，似乎不應存在於這樣一個剛強且激烈的時代，而那樣清澹簡單的故事，又豈是能相容於當下包裝過於精緻的虛情。於是我們開始懷疑那些稚拙的情感是否眞的存在過我們的心中，或者開始以另一種標準來檢驗其所稱之為「情感」的可能性。並且在新的生活裡，追尋所謂成熟、穩定而又漫無目地的另一種模式，我們漸漸感到疲倦了，甚至厭煩，這樣的實際與精巧，讓僅賸下的一點夢想也無所容身，而讓那枯燥的一切據滿整個心中。

但我依然對那些似乎存在過的氣息與景象懷念不已。雖然我並沒有明確地抓住過，甚或表達過它們。就如同晨霧裡的記憶，雜揉著透明的聲音、無名的氣味，以及淡而清涼的膚觸……我們便會在這樣的感動中逐漸明白，純粹而美好的經驗與流逝不已的歲月。而我們因此或會感嘆，關於一點點人生之無常的淒涼，關於一點點世事滄桑的無奈，關於一點點寂寞，一點點徒然。於是在我們的心中有了另一種情感，並不被鋼鐵般的生計訓練或養成，只是出乎於自然，它蘊涵更多的美與同情，了解與寧靜，它帶給了我們的人生更多一層的厚度，更高一層的溫度，讓我們的眼睛亮了起來，看見的星空的穹闊，讓我們魂靈呼吸，而嗅到了夢想、溫柔與愛，並且讓我們的心，更去貼近每一顆相同熾熱的心。

於是我們歌詠，我們創造，我們去體驗整個世界，而我們也沉默，僅是安靜傾聽，而也許我們並不相互提起，在如晨霧中的世界裡所發生，所記得的一切，因爲妳也知道，我也知道，曾經在彼此的生命裡，有一條迷濛的路，而那時霧中的風景，就是永在彼此心中最深最沉也最美好的傷感了。

4

黃昏的霧降臨的時候，多半帶著世界末日的色彩，除了本身灰暗而冷漠的色調外，還將整座城市一天下來的煙塵、穢氣等全都融合在一起，爲紛亂的街市更添幾許疲憊與可厭，濕濕冷冷的黏在暈黃的街燈或寂寥的櫥窗上，散發著幾許幽怨之氣，還有幾分說不出的難受，就像蓋了一床又濕又霉的舊綿被，翻來覆去總是十分彆扭。

偶爾還夾雜著寒風細雨，總是鑽進人們怎麼也圍不緊的衣領，扣不攏的袖空，刺激每一吋肌膚，讓人忍不住打個冷顫，或接連幾個噴嚏，只想快快回到家中，關上雙層的玻璃窗，拉起厚重的窗簾，將這樣的難受屏擋在外面，並撚亮桌前的小燈，透出溫暖的光，並讓柔美的音樂潺潺地瀉流，洗刷一身的塵囂與煩累，並啜飲熱茶或是美酒，等待一頓寧馨的晚餐……

於是你將看到家家戶戶的燈光亮起，在這樣灰沉沉的霧中格外動人。它們像是在召喚著，在訴說著另一種幸福世界的溫暖與豐腴，相對於逐漸轉暗的夜空，愈加濕冷的空氣，更是引人遐思而讓人欽羨不已。讓人猜測著每盞燈下是有著怎樣的一種溫馨的故事，有著怎樣的一種快樂與期待。

然在這樣的燈光之外，整個世界還是一樣虛空與沉重，宛如洄游千里產卵之後疲憊虛脫的魚，瞬間感受到了冰冷的意義，飄浮在沒有目的的水裡，等待著死亡，等待著沉沒。

商店裡精光燦爛的貨物與贋假的笑容，騎樓下單獨徘徊的失望青年，瑟縮在大衣中襤褸的老人，廢棄的機車與油污的積水，構築了城市裡的另一面眞實，幽暗的騎樓下人們匆匆走過，並不曾駐足於自己夢想的燈光外的另一個人生。然而許多並不爲所知的黯淡故事，卻是那樣痛苦的存在於灰色的霧氣之中，在偌大的城市裡聚集、死亡與腐爛，並透過一齊將我們覆蓋的大霧浸染我們的肌膚，我們的靈魂。於是我們懼怕了，太過尖銳的眞實就如冷風觸動了我們緊緊包裹的生命，於是我們選擇逃避，我們以更深刻的幸福來隔絕那樣的憂傷，在虛空裡點滿了燈火，以照亮我們的虛空。

彷彿就在這滯重骯髒的霧氣中，傳來低沉的呻吟，世界淸冷地旋轉，像獨自跳舞的伶人，而沒有伴奏。工業的煙囱與水泥的叢林在黃昏的霧中安靜地慢慢死去，新生著罪惡如色彩鮮豔毒蕈在暗處抽長它的根芽，一切都很痛苦，當你彎腰撿起地上一枚潮濕而冷硬的鎳幣，你將看見：僅有的風景是倒轉的城市裡，冷霧被風吹亂。

5

而我們的生命究竟有沒有選擇？

那樣無可改變的際遇，我是妳夢中的石牆，而妳是繁花開滿的草原，如果我們只能如此靜靜相望一千萬個世代，直到我風化爲一坯塵土，妳陵夷爲一片波濤，當我們都爲錯失的幸福而嘆息，是否能重新選擇？

而宿命就像是沉重且骯髒的霧，夾雜著人間諸多的塵囂，將一切緊緊包裹、覆蓋，既不能脫逃，亦無法改變。讓每一個肉體及靈魂承受世情悲歡的苦痛與聚散離合的無奈，我們除了赤裸裸的忍受那樣深入生命中尖銳的冷與痛之外，我們並不能做什麼其他的選擇，只能以歌聲洗滌我們粗糙的命運，在大地上迴蕩著這樣苦難的吶喊，從亙古，一直傳到無盡的未來……搖曳在霧中的點點燈火，便是我們可憐的夢裡的僅有的風景了。讓我們在荒涼寒冷的歲月裡尙有一絲無可奈何的想望，讓我們暫時忘記迷霧下沉重的世界。我們掙扎著來到，曠費無盡的時日，無窮的心神，而我們所能做的或僅是對坐火前，猶如身置郊野而時空已在永恆以外，只是享有這一刻的幸福與注定並不能一直持有的感傷，直到更深的風霧升起，將彼此完全隱沒，完全隱沒，成爲風景以外的故事……然後才輕聲，輕聲的嘆息。

然而，究竟在我們的生命裡，有沒有多餘的選擇？

6

夜裡起霧的聲勢至爲雄渾悲愴，帶著歷史的蒼涼，自海面上捲來，自山谷間升起，密密地撞擊著每一吋的大地，瞬間幕天席地的佔領整個世界，沒有猶豫，也不讓人喘息，宛如千軍萬馬的奔騰，霎時整座山崗完全陷入一片朦朧，讓人不知身在何地。又如同是一支龐大的樂章，在千萬隻號角聲中，千萬隻鼓鈸聲中，千萬隻簫笛與琴絃聲中轟然暢起，震撼了天地間亙古以來的寧靜，直達宇宙初肇的空無，貫穿春來繁花園林的虛妄，青碧成夢境裡楓樹的狂想，那樣的痛苦，那樣的歡樂，那樣的肆無忌憚而又動攝心魂，令人不禁俯首膜拜，抑或仰天欷歔。是無窮的又是極小的，是實在的又是虛幻的，在這樣的霧中並沒有確實的時空意義，只有無盡的追尋，無盡涅槃！

而這樣的故事我們又是熟悉的，在我們古老的夢裡，才剛剛發明了占卜，文字尚在象形，霧中已傳來原始戰爭殺戮裡鬼神的哀嚎，涿鹿的鼓聲，文明在霧中突圍而出，神話的鮮血鑄成了猙獰的九鼎，畫成了貧瘠九州……於是有了屈原在風霧間憔悴地澤畔行吟，並孕育了升天化地的奇想，又有迢迢青山外的樓台上，楚王精緻而又奇詭的空夢，我們又在這樣的夢裡劍拔弩張，彼夜伍子胥才涉過蘆花茫茫的江水，周公瑾的火燄今宵已燃起英雄豪傑的野心萬丈……

帝王將相的野心殺伐在濃得化不開的夜霧裡遂行著，天地一次次爲悲涼的歷史見證，並覆蓋以無窮的溫柔，無盡的慈悲，讓所有的血腥與暴戾，一同被深厚的迷霧所遮掩，而僅見肅穆無限的白。

而在這樣的歷史迷霧的盡頭，傳來的卻不是君主廟堂裡鼓鐸的歡慶與萬臣朝拜的頌喃，亦非金碧樓頭上歌舞絲竹交錯著玉箸銀杯的宴飲娛樂，而是在清冷的山水間，一聲欸乃漁唱；或是在竹林山寺後，一片詩書的吟哦，隨著薄霧散去，他們將帶著那樣自然樸素而又眞摯的氣度來到人間，建立正統王朝以外的另一個王朝，代代相傳而從不絕斷。於是我們有了另一種歌聲與另一種嚮往，在茫茫的迷霧中，追尋著那世俗外迥異於世俗的成就，這樣我們的歷史分成了截然的冷與熱，狂烈與寧靜，我們的感動已不再侷限於對於政治、戰爭的熱情，霧中的風景尙有一片對自然世界的寄託懷抱，對美善人生的信仰關懷，雖然有時是隱微而朦朧的，但卻從來未曾缺席，始終在舞台上扮演著屬於她的角色。讓深深的夜霧裡，除了那一份因具歷史意義而激昂的情懷外，同樣存在著一份逍遙自適的任性與曠達，讓我們的人生有了更多樣的選擇，有了更豐富的辯論。

於是夜霧的雙重性格讓我們迷惑了起來，它既是無比莊嚴的，又是放誕不羈的；既是沉重而感慨的，卻又是閑淡而愉悅；是那樣貼近於我們的人生現實，同時又是那樣悠遠而無稽。

我們總似在夢裡沉思，卻又似在考量著如何完成另一個夢境。

7

我的故事還未說完，而我們的雙手已經虛空。

一切皆是會散去的一陣輕霧吧！無論我們曾執著過什麼，或是輕易放棄過什麼。而我們卻見到彼此，在那樣茫茫的世界中靜默或是哭喊，書寫或是歌唱。

我們其實已不用再去努力分辨，自己究竟座落於生命那虛幻輿圖上的哪一個方位！因爲在霧中，或已無須分辨，究竟我與妳，誰曾是誰故事中如此迷惘的一片風景，那樣依稀……

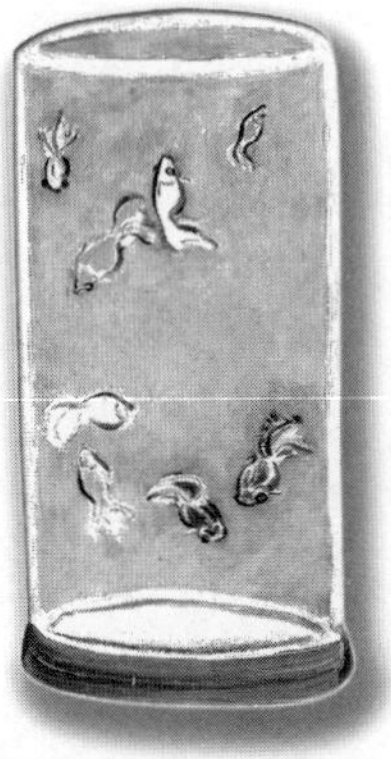

第四輯。毒

卜居

大詩人杜甫一生流寓，直到四十九歲才在成都浣花溪畔築起了草堂，有了一段較爲安閒的歲月，也讓我們在憂國憂民的詩史、詩聖外，看到了另一個恬適怡然的老杜。每想到此，便覺得自己實在幸運很多，能在人口稠密的大都市找到一角蝸居，享受著片刻的安寧，過著自己較爲期望的生活，實已讓人感到非常奢侈。

這裡的環境當然比不上杜甫草堂的清幽，他說：「已知出郭少塵事，更有澄江銷客愁」，而我的公寓被擠在城市的邊緣，前面是可樂公司的倉庫，貨車進出，桌案上的煙塵自是比杜家多了一些，後面雖有一片青山，但此爲往示範墓園的必經道路，每逢清明佳節或農曆七月，這小小山路交通阻塞是絕無法避免的了。所幸，這些日子在一年中還算少數，大多數的時候還是「我見青山多嫵媚」的。我的家居自也沒有杜宅寬敞，杜甫從友人家挖了桃樹一百根、錦竹數叢、櫨木數百株，還有松樹與果樹，蔭滿十畝，而我所居的小巷寬僅數尺，對於園林的渴望也只能在窗台上種兩本茶花，還有妻子的各種香草數盆，雖然對它們擁擠的委屈感到抱歉，但總算也是綠滿窗戶了。

雖然並不眞正清靜與寬敞，但對於新居的幽趣每日總有一些新的發現，比如說下樓拿信時，發覺一樓人家院內的扶桑綠過了牆頭，將我們略顯老舊的大門妝點得陰晴不定，而一株變葉楓五色斑斕，映襯著一碧晴天，似乎植物總有多於人的敏感，才是盛夏時節，便已暗示秋的步履將近？而這幾天黃昏之時，偶有一對翠黃相間的雀鳥飛來窗櫺，更是喧嚷廛市最難得的情懷，品茗讀書於此窗下，韶光倏忽，更覺人世的繁華似乎不比此刻來得珍貴。

中國文化裡似乎都有這樣的嚮往，在世上明知不可爲而爲之了一番後幡然省悟，然後逃到山巔水涯去與鳥獸同群，以完成人生的另一種志業，陶淵明在〈歸園田居〉後說：「衆鳥欣有托，吾亦愛吾廬」，杜甫〈堂成〉後也說：「暫止飛鳥將數子，頻來語燕定新巢」，好像廬舍的建築不是爲人，而是爲供鳥鵲棲息一般。而人又何嘗異於飛鳥，都需要有一枝可供安身，但現代人對於居住的要求往往多了一些尊貴、氣派的要求，其實瓦頂茅牆，依然可避風日；華屋美廈，或怕成爲王謝堂前的滄桑，因此只要活在自足的閑滄裡，又何必一定要雕闌玉砌才是人生呢？我很喜歡豐子愷在散文中描述他在抗戰時期，避居重慶沙坪壩廟灣荒村作畫、種豆與養鵝的情韻，那種近乎岑寂的清幽與簡陋，恰是今日文物豐饒下不可得的一種情懷吧！我也喜歡鄭板橋描述他的家居：「江雨初情，宿煙收盡，林花碧柳，皆洗沐以待朝暾，而又嬌鳥喚人，微風疊浪，吳楚諸山，靑蔥明秀，幾欲渡江而來，此時坐水閣上，烹龍鳳茶，燒夾剪香，令友人吹笛，作梅花一弄，眞是人間仙境也。」信哉斯言。於是我的生活中，偶爾也感到雨後的靑山好像要推窗而入，配合晨昏間的鳥唱，有時聽古典樂，喝友人從遠方寄來的咖啡，感覺那小小關懷的溫暖與無爭於世的曠懷，半卷杜詩窗下一坐就是一下午，直到暮色過後，遠方燈華如汐地漫進屋裡，才慢慢起身去爲幽靜在晚涼中的茶花澆水、施肥。

繞一條比較遠的路

前些日子看了一部極有趣的電影《喜馬拉雅》，描述高原生活與貿易的艱困。影片中有許多發人深省之語，一位喇嘛對他的弟子說：「當你眼前有兩條路時，要選擇最困難的那一條」，這話表面上違背人性與常理，但深思後則覺得其中眞有另外一番智慧。

我曾經聽過一場有關經濟原理方面的演說，演講的是一位著名的經濟學者，他很有信心地表示：世界上的一切行爲，都可以用經濟學來解釋。譬如，他說我們每天出門回家，幾乎都走同一條路，那就是因爲，人們都在避免因爲另一條路的陌生所帶來風險，以及要去探勘一條新路徑所要付出的時間與精神成本。我聽了是深以為然。

不過，話雖如此，有時我在往返中，偶爾喜歡繞一條平常不走，而且比較遠的路。避開了熟悉的紅綠燈，避開了必然經過的那幾爿小店，一條比較遠的路悠悠恍恍，引領著我瀏覽另一種風景，說是風景，其實在都市裡，任何一條街巷都是大同小異的公寓門面與水泥圍牆，不過繞一條遠路，就是換了一種心情，刻意讓自己去承擔經濟學家最擔心「風險」，或是很奢侈地浪費掉經濟學家十分在意的「成本」，於是我便像一個大富翁般，享受著人間的浮華，卻不計較收支裡面的營利。這樣的心情底下，土土的樓房好像活潑了一些，水泥牆也有了一些風情，如果能在這條路上遇見一棵上了年紀的榕樹，或是聽見某家窗間傳來悠揚的琴聲，那就算一筆意外之財了，如果願意停停腳、抬抬眼，用不同的角度觀察一下西天的流雲夕暉，那便是更深一層的喜悅。

而文學何嘗不是繞一條比較遠的路，在迂迴間去激發一種沉澱在濁世中的情韻，逗留一份遐思。那陸游所說的「山重水複疑無路，柳暗花明又一村」雖然成了一句俗語，但詩中的「疑」字、「又」字，卻也說明了在陌生的環境，心情或怕或喜的頓挫跌宕，這是終日行在一條相同的路上，所不可得之的人間趣味。又如那找到桃花源的武陵人，不也是在「忘路之遠近」的意境中嗎？因此一部《桃花扇》，並非「亡國之痛」四字而已，而《水滸傳》中的一百單八好漢，也不能被「替天行道」一語概括。是故當我們沉浸在一首短短的絕句裡，我們的心也可以散步到很遠的地方，去撿拾秋夜裡落下來的松果，或是隔著水晶簾探望一泓寒清的月色，因為在當時，詩人們必都繞了遠路，來到了這些渺無行跡的意境，完成了藝術或是人生的巔峰。

在我們的生活裡，必然存在著兩條路，比較便捷的，比較迂遠的，時間追趕我們，生命匆匆，我們總是奔馳在便捷的那一條路上，永無止息。如喇嘛所說的去選擇一條最困難的道路，那或許需要一些宗教的情操與勇氣，然而能在平凡的日子裡，經常悠閒地繞一條比較遠的路回家，那不啻是一種福緣，更需要勘透人世的深智廣慧。

棋迷

吾友許君是位圍棋棋迷，與其說是棋迷，倒不如說是「迷棋」。

據《說文解字》載，迷有「惑」的意思，如此說來，吾友許君，該是惑於棋的人，但是許君在黑白方圓的世界，不僅已臻「不惑」之境，更往往有通天奇想，生華妙手。觀他弈棋，有時波瀾萬狀，兇險十分，但看他纂眉翻眼、搓手抓耳，似已無路可出，但最後常能如履薄冰地化險爲夷，不僅旁觀者爲之動容，連對手也不禁肅然。

有回比賽，許君布局階段弈了緩著，中盤又七損八傷地喫了些明暗虧，局面大壞，照常理講，此時棄子投降落個「中押」應也未失風度，但許君硬是不肯，東搜西括，鯨呑蠶食，慘淡經營下局面慢慢扳回，他的對手起先仗著優勢一味退讓，待驚覺優勢蕩然，欲奮力一搏時早已氣衰力竭，處處掣肘，慌忙中一錯再錯，最後終於是「千尋鐵索沉江底，一片降幡出石頭」，痛失了江山。

賽後許君私下說，其實那人早該贏定，只是人在局中，愈接近勝利，一方面容易掉以輕心，另一方面則是愈易膽小，怕惹麻煩，想盡量避免複雜的局面，有這兩種心態的牽絆，棋終是要輸的。可見許君不僅通透盤上的技巧變化，對於盤外的人性心理，也有深刻的體認，因此我以爲他在棋上是通人學究，是「解惑」者而非「有惑」者。

但許君亦有他的「惑」。

在我少年習弈之初，家長首先以「不可貪勝」做爲學棋要旨。學棋是要學敗而不是求勝，對於少年時的我來說這是不可思議的。初學未精之時，求一勝何其艱難，歷經千辛萬苦得來的勝利是甜美的，因此我想不斷地「求勝」。但隨歲月增長，勝漸多而敗漸少，有時反而爲了一盤應勝未勝的棋懊惱良久，賭氣再來，心中雜慮起伏，處處用強，最後反而大敗而歸，這時我才漸漸發現，接受失敗遠比接受勝利來得艱難，《棋經》云：「善戰不敗，善敗不亂」，「不敗」是許多高手的藝境，但「不亂」兩字，卻是錘煉後超脫自我的心境。

「不勝」是「捨得」的工夫，捨卻了勝敗的執著，而得到空曠的人生旨趣。因此，臨枰對弈，凡遇年長者則謙讓之，逢幼弱者則攜愛之，朋友相聚，夜雨秋燈，在於盡興而不在爭勝，點到爲止，會心而喜，即使在比賽中遇上對手悔棋、支招而求勝，也往往一笑置之，不與爭辯。

許君對此「求敗哲學」嗤之以鼻，認爲這是對藝術的絕對污衊，對責任的逃避之詞，因此他總是全力以赴，毫不妥協，故嘗有氣走老先生、嚇哭小妹妹之笑譚，有時遇上氣質蕪雜的江湖棋手，難免一番口舌而徒留不快，這或許亦是一種「惑」吧！而這種惑，根源於專心致志的執著，是一種更純粹的人生態度。

人世中不僅下棋，許多事都讓人入迷，權位、名利、藝術、宗教、學術、聲色……無不如此。一旦入迷往往就有惑之產生，這個惑亦即是快樂與苦痛的根源，要超越出來並不容易，日本高段棋士有以「洗心」自勉者，其意即是拂拭心中「迷惑」的塵埃；昔大國手吳清源以震古鑠今的圍棋功業，卻嘗在手中摺扇書「無心」二字自勉——「迴看天際下中流，岩上無心雲相逐」，世事煙塵，繁華落寞，似乎都在此觀之中找到了歸宿，「有心人」往往成就人間之大事業，但只有「無心」人，才能在功業之中，迷而不惑，得到眞正永恆的寧靜。

萬年戲

台灣電視台的通俗戲劇節目經常為人所詬病，其中有一個特殊的現象，不管觀衆的口味如何，每年總要推出幾齣「古裝大戲」，這類「精裝古典」，偶有新戲，但許多卻是萬年戲，這些萬年戲大抵以某一歷史人物，或某部武俠小說爲根柢，反反覆覆地演來演去，如果你是一個忠實的電視迷，那麼你的生命中將會有許多不同形象的西施、武則天、黃蓉與林黛玉，當然也有相對應的男主角云云。有一個特殊的現象是：無論一齣時裝劇收視率如何經典，但短時間內很難重拍，但無論是多差勁的古裝劇，似乎導演們都相信換幾個演員，變動些場面，這個戲也有迷人的可能，所以不僅有前後期的包公，甚至同一時段，也有同一個故事在不同頻道演出。

這眞是一個有趣的現象，這絕非國人好古成癡，或是我們的電視製作人員偷懶所致，而是一種對於戲劇的觀賞態度的不同。

對於時裝劇，觀衆求的是情節的曲折離奇與主人翁奮鬥的過程，並且有著一份時代價值的認同感。但對於古裝劇而言，武后竄唐，雍正即位，歷史課本裡清清楚楚，而張無忌的神功與令狐沖的劍法，大約也是從小每個人都爛熟的。因此觀衆所陶醉的是比較兩個小龍女的氣質扮相孰與自己內心的那位相似，或是再三回味包公低吼「開鍘」的威武儀態。對於萬年戲的觀衆而言，情節的一再重複減輕了在觀賞時的心理負擔，反而可以有更多的餘裕來品評改編方式、演員技術與道具場景等，然後邊看邊罵，一無是處，每個人都是劇評家了。

這眞是非常中國式的閱讀戲劇，從前的演員拿手的就那麼幾套，演員愛演，觀衆更愛看，大師梅蘭芳便曾說他不演《宇宙鋒》便不過癮，一天三回同一個人同一齣戲，樂此不疲。而且傳統戲劇取材不外歷史、傳奇、神話與民間傳說，這些耳熟能詳的情節根本不是藝術本身，眞正的精華是演員的反覆詮釋，與觀衆的共同成長。

在舞台上，每個人都不過是「扮演者」的身分而已，沒有人是眞正的關雲長，但觀衆席上也沒有人眞的看過面如重棗、手舞青龍偃月刀的關公，因此演與觀之間全憑一種想像上的契合，一個角色的成功與演員本身的才性器識有絕對的關係，這也是技與藝的分野，內行與外行的差距，與說書、臨帖、演奏古典樂等有相同的趣味。

所以我深深覺得，如果拋開收視等相關問題的考慮，這些萬年戲確有存在的意義，它們是現代另一種戲劇美學的體現，也可以說是一種傳統欣賞藝術的延伸，也許現代變遷迅速的社會大家已習於沉浸熱鬧滾滾的劇情之中，但編劇若能在同一套故事裡求突破，演員在同一個角色上尋超越，那麼萬年戲眞的可以超越時空，以更精湛的藝術呈現「表演」本身的雋永趣味。

荷盡菊殘

前些日子，母親指著月曆說已經「白露」了，該把長袖衣服準備著。仔細一看，還眞是如此，只是在南國的台灣似乎並沒有「露從今夜白」的特殊感受，秋光裡的西風殘照還很遙遠，炎熱的夏天好像永遠過不完。夜來偶有幾陣風雨，明天依舊是湛藍得發燙的天，在亞熱帶的國度裡，月下的一片白露只能在我們的心裡沁涼。琦君女士在她的名作〈母親的書〉一文中曾說：「每回唸到八月的白露、秋分時，不知爲什麼，心裡總有一絲凄凄涼涼的感覺，小小年紀，就興起『一年容易又秋風』的慨嘆。」我覺得這句話眞是生動，秋天本來就是一個易感的季節。

因爲秋的易感，所以在文學裡有太多關於秋天的詩，幾千年來在字裡行間透露淸淡而略帶憂愁的情懷。經常有人問我一個令我有點尷尬的問題：「文學究竟有什麼用？」以前，我常會搬出一大套在書本上學來的理論，從「蕭瑟兮草木搖落而變衰」的比興，說到「菡萏香銷翠葉殘，西風愁起綠波間」的寄託，說得對方頭昏腦脹，最後不得不承認文學的偉大，以便趕緊脫身，逃之夭夭。但我現在改變了策略，直接告訴對方：「文學其實眞的沒什麼用」，不過，如果對方還有心情，我便會告訴他這個故事。

那年系上的楊老師辦理退休，我們在簡陋的教室裡舉辦了歡送茶會，楊老師是溫厚的長者，每個人都有許多不捨，前面陳列著老師的著作，系主任細說了這幾年楊先生爲系上付出的點滴心血，幾位論文給楊老師指導的學長姐亦發表了對老師的感謝之意，當時西風秋雨，氣氛漸漸凝重了起來，輪到鬢髮半霜的馮老師發言時，馮老師只說，這樣的場合讓他想起了一首東坡的詩，於是便以滄桑的長音慢聲吟哦：「荷盡已無擎雨蓋，菊殘猶有傲霜枝。一年好景君須記，最是橙黃橘綠時」。吟罷長揖，四座都沉寂了下來。

一生中有太多美好的一刻，然而什麼是最值得去記憶的呢？相對於暮冬的蕭瑟，春華夏蔭的光景總是格外令人流連，沒有人不爲逝去的美好而傷懷。但正是因爲這種感情，反而使我們忽略了生命裡的豐收，那些碩美的果實，應該才是生命最終的富足與寧靜，而新的生命，不也孕育在這種平實的燦爛中嗎？著眼於此，似乎代表衰疾意象的秋冬景，也不那麼可哀了。馮老師沒有多說什麼，但我當時心中的確充滿溫暖，彷彿和千百年前的詩人雙手緊握，因爲我們面對的是相同的人生風景，在這風景中，我們因生命的渺小短促而遺憾，但詩人的眼睛卻看出了遺憾外的永恆價值，這個價值，讓我覺得人生的每一剎那都是那麼豐富與偉大。

茶會最後，楊老師說：「教書一輩子，最後一刻還是改不了喜歡糾正學生的毛病」，他指著海報上的「歡送茶會」說：「是不是改成『惜別』會比較妥當呢？」我們一時都笑了，但隨即感到一些沉重，彷彿剎那別離之情滿溢燈下。而人生始終是在別離中度過以及完成的，惜字也許是可惜那些美好的結束，但何嘗不也是同時意味著珍惜更多美好的到來？

以後，每當我參加這類迎新送舊的場合，一定仔細思考那些海報標語是否準確與恰當，而每當有人問我「文學有什麼用」的時候，我總是想起，在流轉的四季與生命裡，荷盡菊殘的時節，那些圓熟燦爛的生命智慧所給予我的深深鼓舞和感動。

秋深

現下許多人對過去的教育失望，對未來的教育絕望，專家學者、政府官員與學生家長，每天爭爭嚷嚷，吵得學子要靜靜看會兒書都十分困難，對於語文的爭執尤其大，從小學的母語、外語教學問題，到大學入學的國文科考試命題等等，甚至是公務人員考試要不要測驗國文，都足以形成輿論，雙方各執一端，用以前在學校中學得不甚精純，在現下則被目之為僵化、錯誤的口語表達唇槍舌劍一番，借用魯迅老先生的故事，直是阿Q打小D，眞眞一場「龍虎鬥」。

我現在因為工作的關係經常要搭捷運往返淡水與台北之間，從台北車站出發，過了民權西路站便奔出地底，豁然開朗，然後一路是優美風景，飽覽山色天光，很輕快地便到達目的地了。行途中穿過擁捱廛市，亦穿過寂靜的野曠，有時車行速快，貼近車窗的色彩混凝為一長匹緞錦，漸漸進站而緩慢下來的時候，又逐一還原為蒼然的樹、紛亂的花、無言的標語與風雨刷洗過的石牆。黃昏的時候遠山凝立，特別顯出肅寂，夜晚裡隔江的千家燈火，像潮汐一樣遠遠近近地拍打心的堤岸。在這些偶然的片刻，我經常歆慕古人，能在旅途中隨口吟哦詩句以抒幽懷，更為恆久的江山、短促的人生留下一些痕跡，亦為無情的歷史沾染幾許瑰色。

文學應能回應或表達一些眞正的自我，而訓練也當在此。

回想多年前中學的國文課堂，許多囉唆的演講稿、莫名其妙的哀祭文都已不復記憶了，但不少警妙的詞語、絕世的篇章，依然令我印象深刻，不知它們還在不在新的教材中？像蘇軾〈記承天寺夜遊〉，從「月色入戶，欣然起行」的輕快，「念無與樂者」之一句深重的轉折，都留下了許多妙味，呼應於最後的「何夜無月，何處無竹柏，但少閒人如吾兩人者耳」，明白如話中卻透露了些對於現世生命的無奈體會，一篇不滿百字的日記所展示出的沉思與翰藻，不禁令我總是奔忙、總是庸碌與總是淺薄的現代生活而汗顏而太息。我國古典散文中，本以應用文字為最多，但高者能令讀者愛其情眞而不覺其「應用」，可惜這項藝術在現代已近式微，公文質木，告示平淡，一枝向上天借來的彩筆，就在鎂光與霓虹燈下疲倦了，傾斜了。

也許我們的語文教育應該先放下許多功能性的考量，平心靜氣地來讀些眞摯而有文采的作品，藉由精神的交流，重拾蘊藉而洞明的美與慧，然後再來論辯語文教育要改些什麼，要怎麼改，文字水準至少要像司馬光與王安石吵嘴的書信，那樣自然、深情而節制。

蘇軾寫〈記承天寺夜遊〉在十月十二日的夜晚，我想那時的霜露，應較幾夜風雨後，台北現在的秋更深更濃了。詩人謫居，時代索寞，在台北微涼的空氣中，暮色遲重，我彷彿在喧囂裡遠遠聽見有些什麼正在落下，或者散去。

閒說師者

近讀唐德剛先生《晚清七十年》一書，其長述興亡滄桑，眞使人掩卷而撫膺，其中引述恭親王奕訢在彌留之際，仍對翁同龢，這位光緒皇帝的狀元老師，昧於形勢，意氣主戰，以至於甲午慘敗之事耿耿於懷。而此事雖小，意義卻深，中國文化尊師重道，師與天地君親同列，其影響之大，不僅在學校中的短短數年，甚至一個人的一生，舉國的命運，都可能牽涉其中。

何其有幸，我也與敎師之職沾上一點邊，抒發一些好為人師的衝動。每當我走進師大的校園，那尊巍然的孔子塑像總是低眉俯首，像沉思中的哲人，我總是猜他究竟在思考什麼問題呢？

在求學的路上，當然也曾碰上私開補習班，或是勢利眼的老師，但絕大多數的老師，都是甘於平淡，並且無私地奉獻其一生歲月於教育工作，上大學以後，更是遇上了幾位好老師，他們無論在學術、處世或是修養上，我想都是我終身學習的榜樣。我到目前爲止，一生中的時間大多在校園中度過，而以後可能也是如此，我的同學朋友中最多的便是老師，大家共同的感覺就是校園的環境變了，我們已經不能再用自己當學生時的那一套，來面對我們的學生。朋友舉例說：《史記》裡面寫張良初遇黃石公，公喚他「孺子，下取履」（小鬼，幫我把鞋撿來），張良的第一反應是「欲毆之」（想要揍他一頓），換在現代，也許就眞的「攘臂而爲」（捲起袖子就幹了）。

我才疏學淺地在教室裡誤人子弟，總是覺得自己任務神聖，戰戰兢兢，可現在的課堂，睡覺看閒書喫早餐已算好的，講大哥大的、傳簡訊的，或是打來鬧去而不在乎的大有人在，資深的同仁多勸我要兇些，可想想都念上了大學，老師還要像個馴獸師般叨唸這些基本態度，著實無趣。想豐子愷寫其師李叔同，教音樂與美術，老師一蹙眉頭，全班便屏氣凝神，不敢出聲，我眞是心嚮往之。現下授課，爲了「引起興趣」，老師得在台上唱作俱佳，爲了擔心學生成績不好而被退學，收作業時間是一延再延，打分數要特別放寬，眞的把程度太差的學生「當」了，他還會大刺刺地跑來質疑：「我雖然很少來上課，可是我同學也是這樣，爲什麼他過了我沒過……」問得爲師的我瞠目結舌，不知何以爲他「解惑」。

當然，也有極好的學生，溫良恭簡，孜孜不倦，每有啓發老師想法提出，我發現這些人總是坐在教室的前面一排，準時出席，絕不上到一半才偷偷溜進來，或大模大樣地晃進教室。每當最後幾排又有人手機響起，或是課上到一半便背起書包走人，我便要告訴自己，爲那些還想上課的同學再努力一回吧！我相信是値得的。不過我也想想自己過去在學生時代，是不是也做了許多讓我的老師生氣，或是失望的事呢？如果如此，眞該向老師們深深致歉啊！

大家都說教育是百年大計，而爲師亦足以興邦亡國，從翁同龢對光緒與大清帝國的影響，讓我想到了在北宋，王安石雖沒有爲神宗皇帝傳道授業，但一番教誨卻對神宗發生了深遠的影響。神宗少年即位，召來當時頗有聲譽，但官職不高的王安石越級入對，神宗年輕氣盛，加上大宋一直以來被邊疆民族欺負良久，一見面便急著問怎麼才能作唐太宗、漢武帝？王安石卻慢條斯理地建議皇帝應該以堯舜爲榜樣，善哉安石，從此師生兩人互相信賴，莫逆於心，遂演成一場驚天動地的大改革，大宋的興亡與此也多有關係。

近來台灣的政治人物也喜稱某某教授爲老師，頗有禮賢下士之古風，但盼這些帝王師，能在人生修養與政事練達上給予爲政者以大氣度、大格局的建議，則河清之世，庶幾可跂。

花市

世人無不愛花，自古以來，我覺得最有風味的，莫過於鄉人以擔挑花，沿街叫賣，好像要把那一叢叢的天上春色散布於人間，陸游的詩說：「小樓一夜聽春雨，深巷明朝賣杏花」，是極情韻之致，又有詞云：「賣花擔上，買得一枝春欲放」，眞有春來共賞的喜悅之情。而花市，自古有之，白居易即有〈買花〉詩云：「帝城春欲暮，喧喧車馬度。共道牡丹時，相隨買花去」，而當時花市的景象大約也和現代相當：「上張幄幕庇，旁織籬笆護，水灑復泥封，移來色如故」。只是當時的花市多是在佛寺道觀外的花圃，不似現在是在車馬塵囂的高架路下。

但我不太喜歡我們現在的花市。

雖然在這個城市裡我們對於自然是那麼渴望，能夠利用一個晴朗的下午在繽紛的花花世界遊逛一回，沾著滿身的花香回家，是一件極愜意的事，頗有古人東籬把酒，暗香盈袖的風雅，同時免去了舟車勞頓，上山下山的辛苦。如果行有餘力，尙可採買幾株琪花瑤草，植於庭院或是供於瓶中，自可得到短約一週長則一季的欣欣之意。但不知爲何，我還是不太喜歡去花市。

花在市中，雖然顏色不殊，但我總覺得她們缺少了一種勃鬱的生氣與山野的清新，彷彿是疲倦於長途的顚簸，以及世人挑剔的目光。擁擠在花市裡的花應是最沒有尊嚴的吧！我可以想像她們面對一山碧綠或是臨流照影的丰姿卓絕，以一種無欲無求的心靈來觀照自我的生命的悠然，吾輩對之，歡悅之情自也油然而生。但在都市裡，花兒們爲爭得一口濁水與一絲空氣，樣子可眞有幾分狼狽。而交易過程更是一種對美的凌遲，幾個銅板幾張鈔票，一番討價還價，「在山泉水清，出山泉水濁」，人世滄桑，如此而已。

花市也往往讓我聯想起古代的牛市馬市，喧喝聲中，頗有一種英雄末路的感慨，美與尊嚴，在這種地方沒有任何意義，這是人間的眞正不堪。所以我寧願多走些路，到山裡去，感受竹木迎風撫雲的胸襟與氣度，或是路旁一草一瓣的自然搖曳。但有時不免還是在花市裡流連一番，與商賈市香買美，而我也因此想到了每個人原本何嘗不是一株軒昂奇卉，但在這樣的世代裡，誰又不是擠在狹小的攤位上，卑微地待價而沽？

「芳心向春盡，所得是沾衣」，我不太喜歡花市，大概是因爲有些共同的感傷。

數羊

羊在寶島台灣，似乎是較受冷落的一種動物，有時難得見到人家信箱旁有個小箱子，知是羊乳訂戶，而市面上，偶見「羊肉爐」的店面，超級市場裡亦有國外進口的羊奶糖，或羊奶粉的販售，百貨公司裡則有標榜百分之百純羊毛衣衫的行銷，但比起我國古代食衣住行乃至於祭祀都離不開羊的那個時代，羊，這種溫馴而可愛的動物，在今日台灣的生活中，其重要性似眞的逐漸式微了。

羊在我國頗有些特殊的別號，代表了國人對牠特徵的觀察與描繪，比如《禮記》裡面稱羊爲「柔毛」，自是從其毛皮柔軟可衣著眼；崔豹作《古今注》，謂羊是「胡髯郎」、「美髯主簿」（主簿是古時專管會計文書的青年），我們可以想像那兩撇小鬍子的英俊；《獸經》稱羊是「義獸」，可能是因其跪乳的行爲。羊在我國同時有些奇異的傳說，像《事物紺珠》（一本專門考察萬事萬物來源與別號的古書）中言羊是「白石道人」，大約是講《神仙傳》中牧羊少年皇初平，山中遇仙得道，能將羊群化為白石而牧的故事；而《玄中記》這神怪故事更載：修煉千年的樹精，便會化為「青羊」出來活動，《星槎勝覽》（星槎，就是能來往銀河與地球的古代太空船）這本想像力豐富的風物志，則杜撰了有個「阿丹國」，其國有「九尾羊」，好不駭人。

這些羊的別名或是述異，大抵表現了羊與古代生活的息息相關，羊在上古文化中是極尊貴的，用以敬天祭祖，有象徵性的意義。《周禮·夏官》記載當時有專屬養羊犧牲以用享太牢（宗廟）的職官，名曰「羊人」，而孔子最富有的弟子子貢，曾經因為吝嗇的緣故，企圖廢止捐羊祭祀的禮儀，孔子感嘆地告訴子貢，你珍貴的是那隻羊的實際價值，而我惜愛的是執著於「禮」的虔誠與意義，不知子貢後來有沒有紅著臉恪遵師命地奉獻了他的寶貝羊呵。

而羊在我國文化中，也始終代表著吉利，《說文解字》就說：「羊，祥也」，因此「吉祥」亦作「吉羊」，而古時也傳說，羊角有：明目、安心、益氣、輕身、避鬼魅的作用，並且像犀牛角一般可作為退燒涼劑，用途十分廣泛。

其後以羊入膳則是富貴權勢的表徵，羊肉為美饌之所必備。唐代的李白一擲千金，「烹羊宰牛且為樂」，豪宴裡不能沒有羊肉下酒佐歌，杜甫寫楊貴妃姐妹春日郊遊，御廚「絡繹送八珍」，八珍中便有一味「炮羊」，只不知彼時作法，是遵《周禮》做成清郁羹湯，還是按當時西域胡人，以胡椒裏烤煙燻？在宋代，又有所謂「蘇文生，喫菜根；蘇文熟，喫羊肉」的諺語，能夠精通東坡爲文的妙理，則距啖食羊膾之富貴生活不遠矣。

羊之作爲一種食材，在諸多文人的筆下尤顯美味生動，惟我生長寶島，竟沒有品味羊肉的才能與情懷，因此對唐魯孫老先生在散文中描寫北平食案，初夏「丁香開花，花椒結蕊」時上市的燒羊肉，或是隆冬配上燒刀子一起喫的椒鹽羊頭，食罷如同穿了一件皮襖的飽暖，眞有無限神往。據唐老先生的文章以爲，許多地道的品羊專家，特別要喫的是羊肉的羶氣，而我在台灣喫過的羊肉爐，乃用各種藥材熬過，不腥不羶，冬令時節一盅下肚自是手足輕暖，十分滋養，但距離眞正的鮮腴，恐怕是無從領略了。

羊是可愛的動物，對人類貢獻甚大，我一生中曾兩次遇見奇特的羊，一次是在幼時的野柳，有個小馬戲班子，其中有隻山羊會看時鐘，並會隨音樂翩翩起舞，樂翻了在場的小觀衆。另一次在桃園，那回走訪親戚，他家大廈樓下停了一輛小貨車賣現擠羊奶，小販吆喝著說他的羊會表演特技，那匹安馴的羊站在車中，口中不知咀嚼著什麼，而眼角一絲世故而詭祕的笑意，與牠的主人那身氣味眞是相投，由於他倆太像一搭一唱的老江湖，讓擔心上當的我不敢買一杯微溫的「現擠羊奶」，那頭在都市慣討生活的羊兒，在我離去時，似乎投給了我一個惋嘆的眼神：機會難得喔，美顏潤肺，可滋補的哩……。

詩人

我知道，我領悟到的還不是什麼大智慧。

——波赫士〈詩人的信條〉

「君臣已與時際會，樹木猶爲人愛惜。」這是唐朝大詩人杜甫歌詠四川成都武侯（即諸葛亮）祠前一棵老柏樹的詩句，這詩編在《唐詩三百首》裡面，小時候搖頭擺腦地背誦過這詩，但其中到底說的是些什麼，其實一直到今天我還有些沒把握，但送我書的老張說：「不懂好，時候到了就懂了，到時候還不懂那是最好」，這話讓我更是迷糊，不過那棵老柏樹的形象在詩中倒是十分生動，討人喜歡，因此我一直記得這詩句，但不知爲何，悠悠歲月，我經常從這詩便想起老張，還有我們院中那棵已經不存在的蓮霧樹。

我們經常拿許多東西來譬喻人生，也許這就是所謂的人生觀，在種種的譬喻裡，其實所包含的是人們對於具體生活的詩意想像，人爲什麼要有這種詩意的想像，當然這又是另一個大問題了，我們在此不去論它，但我每想到此處，便想起老張所說的，人活著就要像一棵樹。但人爲什麼會像一棵樹，老張沒說，我也不懂，或許是春去秋來的意象，或許是俯仰天地的昂然，不過我猜老張另有所指，但老張死了，我們也無從知曉。

樓下的老張死了，好幾個星期後我才知道，回家聽母親談起，說他無兒無女怪可憐的，警察法醫都來過，說是心肌梗塞自然死亡云云，某某處的人也來過，搜走了存摺，聽說裡面還有不少錢呢，連房子大概都要充公了。母親很是感嘆，「省了一輩子都是別人的了」。

死亡是不吉祥的事，談起來總是得小心翼翼，而且略帶憂傷。樓下的門鎖得很緊實，三輪車還停在那裡，院子裡一棵蓮霧樹枝繁葉茂，青澀的小果實累累掛在枝上。老張曾說，那像是家鄉的棗樹，我那時還小，就是現在，也沒看過棗樹長得是何模樣，老張要我多提一桶水，我不情願，老張說棗樹是不大喝水的，不過蓮霧可不同，得給她喝個夠。今天的大樹看來並不憂鬱，藍天綠葉，顯然植物對於生死有不同於人世的見解。但無論如何，以人的標準來說，這種悠然總顯得無情，當初這樹長在路邊，沒人知道她來自何處，如何成長，總之比我們早到一步，但沒人照料，生得又瘦又小，可憐巴巴，那時道路拓寬，樹太礙事，本來是要連根拔除，但老張說好好的一棵樹不能就此挖了，與榮工處修路的幾個弟兄商量一番，決定移植在我們的院子裡，老張說過院子裡要有棵樹才算是個家。

什麼是「家」呢？我知道卻也不甚明白，老張說那年日本人的飛機往下丟燒夷彈，整個宅院都燒了只賸下大門口的一棵大棗樹，伸長了枝枒，像要保護屋下驚惶的人們。老張說逃難時總是講勝利後找到那樹，便認得是回家了，所以途中看見一棵類似的大樹，便有一份鄉愁。鄉愁是什麼我也不知道，我們這代人，其實並不眞懂離鄉背井的感受，因此也沒什麼眞正憂愁過，頂多是在國文課本裡讀「烽火連三月，家書抵萬金」。不過老張說到鄉愁的時候挺認眞，這認眞讓我也能感受到那是人類一種奇特的情感，必然是結結實實地寄存在某些人的夢中，讓他們爲此唱歌、吟詩或是醉酒，有時我很憧憬這種情感，也許是安逸的時代使然。但經歷過動蕩的老張卻說哪回什麼家呢，勝利後給圍在長春，煮皮鞋喫完就上飛機來台灣了，也不知這些年了那棵棗樹還在不在？不過沒關係，現在有棵蓮霧樹陪我，不比棗樹差。老張一笑，滿臉線條都舞動了起來。

我不知是如何與老張熟識的，反正有記憶以來，他便住在我家樓下，拾荒爲生。老張爲人四海，十分和氣，小時候我常去他家玩，他家進門便是一幅老總統的戎裝照片，一身勳業，自有威儀，牆上報紙糊滿，頗爲寒愴，不過有一張大字縱橫淋漓，我至今仍然有印象，寫的是：「先生抱奇才，避世梁溪上，茅屋自棲遲，權門愧俯仰。好靜絕紛拏，篤學貴存養，我將從之遊，如何縛塵鞅。」老張每每爲我讀來，抑揚頓挫，神采飛揚，說是一位不世出的高人親筆致送的，還指著一條隱約的痕跡說當年水災我什麼都不救，就從大水裡拿了這張字，你看，這便是當時水淹到了這裡……。我問他這字究竟寫些什麼，他說這不過只是寫一個人生的嚮往與遺憾罷了，我又問他什麼是嚮往，什麼是遺憾，他說他們這一代人的事我們是不會懂的，能夠安安穩穩地在樹蔭下打個盹喝杯茶就是福氣了。

這我的確不懂。

那天，我站在樹下憮然良久，有點物是人非的感嘆。記得學校裡的老師說：「詩人必有重視外物之意，故能與花鳥共憂樂」，老張雖是粗人，但對於一木一石，似乎都有許多的情感，而這個社會，大凡有太多情感的人都不容易成就一番轟轟烈烈的事業，我想老張正是有那麼一點。

他與那棵樹一樣，不知來自何方，國語裡的鄉音，聽不出是哪省哪縣哪鄉，不過他自稱與《說唐》裡大唐第一好漢秦瓊字叔寶同鄉，所以很有可能是山東人氏！偶爾他還會還說幾句台語，腔調雖怪但也親切。老張早出晚歸，大人說他是撿破爛的，現在的話叫資源回收，是件頂有意義的事，但當時還是一種鄙薄。老張回收的主要是紙張類，以舊報紙爲多，老張不只收舊報紙，還看報、剪報，因此老張是無所不曉的，他可以分析如果美國與蘇俄打起來時台灣的戰略地位是何等重要，他也可以告訴你今天晚上的瓊斯杯中華對菲律賓勝算如何，可惜那年頭不時興玩股票，不然他說不定也可以報報明牌。凡事都只有一個道理，老張說，只要懂得這理，沒有看不通透的事。老張懂不懂得這理呢？有時像是懂得，有時又像是不懂。

他常會撿些完全不能賣錢的東西回來，算是賒本生意，但老張說一器一物都是人間的一種緣會，能留自當留在人間，有時他會開玩笑地說：「再過一千年就可以進故宮啦！」那時還沒有太明確的法律觀念，大家也講究敦親睦鄰，即使破銅爛鐵堆了半院子，能夠出入自得，大家也就不說什麼了。有一回他從酒廠拖回一個人高的玻璃樽，又圓又胖，可實在不知拿來做什麼，我靈機一動，建議在裡面放養好幾頭金魚，紅黑金花，沉浮各異勢，眞眞煞是好看，老張直讚我聰明，「有出息」。可惜後來玻璃樽被不知是粗心或是有心的人打破了，童年一瓶碩大的晶瑩與繽紛也隨之流盡。

就像一滴水流入大海，或像一本靜靜闔上的書，老張死了，對鄰居們似乎是那麼自然，幾乎沒有影響到任何一個人，這種冷淡，也許是每個人認爲自己對於老張是一無所涉、一無所知的，其實並非如此，只是我們對他的許多事沒有辦法下一個明確的判斷，或是做出完整的解釋罷了。就像曾經有一次忽然傳言老張是匪諜，那天管區帶著幾個穿短袖襯衫的男人來找老張，將他帶走後又打包幾箱東西，里長伯繪聲繪影地說那可能是給共產黨通訊用的發報機，又說了些保密防諜、守望互助之類的話，還說老張這事必有株連，記得發表過一些不滿政府言論，或是贊同過國會改選的的街坊們，臉色竟都有些凝重了。幾天後老張笑嘻嘻地回來，輕描淡寫地說那只是幾本撿來的舊書而已，燒了，都給燒了，老張雙手一攤。大人們暗地裡說事情沒有那麼單純，但至今也沒有更好的答案，當然也沒有人受到什麼牽連而不明消失。但我知道老張所說應是眞的，我親眼看到他的書架上擺著什麼《抗戰三部曲》、《子夜》與《駱駝祥子》之類的書，但之後統統都不見了，不過老張很得意的說書燒了也沒有關係，都在腦子裡啦！但隨即很感慨地說燒書自古是暴君之行，眞是國之將亡，大人們都噤聲不敢答話，連忙把我拉回家去。

但我還是常往他家跑，因爲老張的書眞多。他說都是撿來的，還說一個社會到處有書撿不知道是好是壞？我不相信他的說法，但老張說讀書好，人要明理一定要多讀書，要作文章一定也得要讀書，他送了我一本《唐詩三百首》，七成新，封皮上是一對紅鵲立在含苞的梅枝上，旁邊題道：「紅梅翠竹更亭松，比翼幽棲兩意濃」，老張說能把這書讀通的也算學問了，長日漫漫，我每背下一首便打個紅圈圈，後來不知爲何沒有繼續背完它，但讀過的部分有些讓我感到嶔崎，有些讓我感到華豔，我最早喜歡「雲想衣裳花想容」的青春與歡樂，但老張說不如「丹青不知老將至，富貴於我如浮雲」的瀟灑，幽麗亦不比「洞在清溪何處邊」……。至今想來，這些言論有些似眞有其理，有些則近於一己之見，而其中的點滴，經常令我有微微的喜悅，又帶著無比茫然。雖然我後來讀過更多精闢的唐詩選本注箋，但至今這本《唐詩三百首》還在我的書架上，表皮脆硬，一碰即碎，有時我還是會將它取下吟詠一番，只是當作紀念，至於通不通的問題，也就不那麼計較了。

幾天後某某處的人員又來了，還領了位長官一樣的人物，旁跟了一個衣鮮履潔的後生，長官說啥他便忙著鈔鈔寫寫，幾個人指東劃西，大意不外收拾房子早日估價拍賣之類，聽來頗覺無情。不過這事老張似乎也早有預期，我猜他身後大約也不以為忤，以前他就說過：「不見五陵豪傑墓，無花無酒鋤做田」，他說人最在乎留名於世，他連名都不要了，還在乎留下什麼？他經常在報紙上練習毛筆字，寫的都是些詩句，我問他哪懂得這麼多，他總說小時候學的，還說他們老師兇得很，不會背就打手心，說著還搓搓手，好像痛到了現在，又說那時鄉下的廟裡都有一座「惜字塔」，寫了字的紙都要放在塔中，上香後才由和尚拿去燒化，不像現在，廢紙到處亂丟，一點價值都沒有。

而我總以為文字實在是最尋常不過的東西了，現代人信筆隨書是十萬百萬字，複印出版是成千上萬冊，字洋浩瀚，無窮無盡，想要逃離都很困難，但有時我也覺得文字是如此奢侈，茫茫字海，偶有隻字片語的感動，真覺得那幾個字是如此珍貴，不忍多饗。所謂「煮字為藥」，卻不知可醫何病？但煉燉熬煮的過程必是費神費力的，無論此藥功效如何，就憑這心思，怎能不有所珍惜？老張的言語時有珠璣，但終是煙雲無蹤，老張說每個人有每個人的生活態度，何必留下什麼去彰顯自己影響別人呢？

不過話雖如此，老張到底還是留下了些東西。

除了院子裡的蓮霧樹，走廊底下還有幾盆萬年青、螃蟹蘭之類的花花草草，那衣履鮮潔的後生客氣地詢問左右街坊，有沒有老張欠下的債務，或借了沒還的東西，我媽隨口說去年送了半鍋綠豆湯給他，鍋子好像還沒有拿回來，不過也就算了。但那後生還是硬拉了我讓我去認認哪口鍋是我家的。

老張家與我童年的印象相去不遠，東西頗多，但並不凌亂，進門那幅老先生戎裝的照片還在，只是略有泛黃，那後生腳跟啪地一合，唬我一跳，原來要行了舉手禮才進門，接著掏出一盒三個五，先讓了一根，自己才悠悠地上火，抽了幾口，自我介紹起來說是姓陳，在某處某科，讓我在廚房轉了一圈，也沒啥收穫，隨處看看，那張「先生抱奇才」的大字已經無見，這讓我迷惑了起來，許多事若有若無，似乎人在不斷的回憶裡，有時竟無法分辨何者是實，何者是虛。那位陳先生人倒是好，看我不認鍋子又東摸西摸，便說長官已經看過，這屋子裡已沒什麼值錢的東西，有些廢棄物我要就逕自拿走。

老張的屋裡實在都是些廢棄物了，院子裡的東西大約也已經清完，幾綑舊報紙也都置在三輪車上，陳先生說這些下午便要運走了，以前是老張清運別人的東西，現在輪到別人來爲他清運了，人間之事總是無常。長大後我在外地求學，極少回家，即使長假也都留在學校埋首於那些實驗研究，回家也是匆匆來去，幾乎難得見到老張，偶爾在院子裡相遇，只覺得他益加老邁與遲緩。幾次也見他踩踏著三輪車在附近收廢紙，總覺得那樣的身影裡有一種與世無爭的寧靜，全世界都在引擎聲裡，而老張還是用那走過大江南北的雙腳繼續踩完他的人生。有時我無法忍受廛市喧嚷，世俗的追尋讓我顯得既無趣又無能，於是我便逃身於與紅塵了無相涉的研究工作，企圖在裡面找到一種孤傲，一種感覺起來更近於永恆的意義，但久之又感到極度索然。我不知道自己所求爲何，而老張是如何能在這些年來，一直甘於一種清淡的意境，似乎無欲，似乎圓滿？然而世上又有什麼事能眞的圓滿呢？

我在老張的三輪車上找到一疊上面寫了字的舊報紙，與以前的一樣，寫的都是些前人的詩句，長久的日曬報紙已經發黃變硬，我想留下幾張做個紀念，但那些信筆隨書的字跡似乎並沒有傳諸久遠的念頭。下午三點多，陳先生眞的率領了幾個小夥子將它們全部運走，院子頓時空蕩蕩了起來，好像把十幾年的擁擠一次清除了，乾淨地讓人覺得難過，覺得虛。

「春風取花去，酬我以清陰」，我最後撿起來的報紙用柳體寫著這句詩，那棵茂密的蓮霧樹並不覺得悲傷也許便是基於這樣的道理。歲華冉冉，物的無情當是另一種有情，而我們因著記憶、生活而滋長出了情感，似乎反而顯得小氣而無謂了。但我總還是貪享人間這種柔弱的情愫，似乎能在其中感到了一種安全與價值，或是一種深思。因此我羨慕一棵樹，或是能懂得一棵樹的人，那樣的生命是怡然在自然裡的開闊，有無限的美與自由，寧靜與豐富。

幾個月後，或是一年以後，樓下搬來了新的住戶，新門新窗又自有一番新的人事，我猜那老總統的戎裝照自然是不在了。整天有不明人士的進出與牌戲的清脆碰撞聲，母親經常抱怨午覺受到打擾，我想起了老張「打個盹、喝杯茶就算福氣」的說法，不覺莞爾。又不知多久，院子裡為了興建機車的遮雨棚，那棵蓮霧樹還是難逃砍伐的命運，在鋸木的節奏與香氣中，枝葉頹然，眞所謂日暮途遠，人間何世，將軍一去，大樹飄零……

如今望著停滿雨棚下的各式摩托車，當然還是有一些遺憾，我想如果老張還在，那麼也許他會說人間已有太多可嘆之事，又豈在一棵樹木而已。而我猜想鄰居們對於人生也自有另外的譬喻，每個人都是如此，喜歡用自己的經驗、自己的價值來丈量生命。

如果你問我要用什麼來譬喻所謂的人生，我會說人生像一棵樹，也許是影射生死的遼闊與無常，也許是象徵一種更自在的生命型態，但你知道，這都不是眞正的答案。斜陽晚照，窮巷蒼茫，老張曾說：一地的華蔭並不為人乘涼而設，但人的心中卻必定要有這般清涼。也許是這些瑣論而平淡的話語觸碰到了什麼，因此生活中，我努力在水泥與鋼鐵所交織的人間去感受身外的韶秀，有時我沉浸在一些平凡卻美好的事物的感動裡，我幾乎知道那就是詩，但大多數的時間裡，我仍一無所知地活著，像一棵樹。

——本文獲九十年度教育部文藝創作獎散文第二名

毒

容貌清俊的何醫生是治毒專家，有國手、神醫等雅稱，醫術自是了得。

據其說天地萬物皆含毒性，而人類的歷史與文明，就是不斷中毒、解毒與防毒乃至於用毒的過程。可不是嗎？傳說神農嘗百草，一日而遇七十毒。這經驗儼然是一部民族的天人關係史，其中包孕了自然與人文的雙重意義。在彼遠古時代，光是草木之毒便已這樣防不勝防，當前工業文明底下，以人工製造出來的毒物毒素，實不知幾凡，每週每月，都有科學家發表某一種食物或藥物可產生致癌物質之類的報告，活像是神農氏初嘗了某些劇毒，不死之餘，連忙將之化為人類的總體經驗之一。我們活在充滿毒性的時代，一日所遇，恐怕不只七十種毒，我感覺這些不知名的因子正不分日夜地滲進我的身體乃至於靈魂之中。

何醫生幫我把脈，冰冷的手指像是古人試探鴆酒的銀簪，細心的他好似一個多疑的婆婆，診完左手完換右手，又換左手，又伸舌頭，翻眼皮，果然沒錯，何醫生嘆息說我周身中毒，並且由氣轉精，因血入脈，已大量屯積在五臟六腑。此言非虛，我近來總覺得腹脹胸悶，晚上淺睡多夢，清晨口乾眼燥，諸般不適，證明了我中毒的事實。何醫師勸我服食「解毒瀉心湯」之類彷彿武俠小說中名目的散劑，並且要避菸酒、少勞煩、勿飲冰食等，否則一旦積毒成鬱，或是轉發爲癰疽，那便不可收拾了。

我稱謝而出，滿腹卻是狐疑，不知何醫師是否能在我凌亂的搏動中，診出我漫長的中毒史。我最早一次中毒乃在小學，一回下課嬉戲，誤將同學的鉛筆刺入臂肘，那筆頭的黑鉛斷在肉中，愈去擠弄，好像陷得愈深，數日之後，竟成爲皮膚底下一顆青灰疣痣，至今仍在，多年來血氣運行，不是正將其毒性散布全身了嗎？此外，小時候家中客廳總有一只大鋁壺，據說鋁製容器亦會釋放毒素，我猜想這麼多年來我必然也喫下了許多，也許就在我的臟腑中，凝結成了一塊難以剋化的金屬，即使燒滅我的肉身，這塊金屬大約也會被鍊成舍利一般的物質吧。除了這些重金屬的毒質，自然之中，毒物更是防不勝防。

兒時聽聞家長說了某位工人，以夾竹桃枝當筷子扒飯，便當還沒有喫完便中毒倒地，因此我對夾竹桃這類植物是戒慎恐懼，敬而遠之。不過有毒草木隨處皆在，如發芽的馬鈴薯，在物質匱缺的年代，興許也喫了不少，又如芋，其毒足以導致聽力障礙與頭痛，在西方古代甚至以其汁做爲墮胎藥，其毒可想而知。而我這一生又喫了多少芋頭呢？含毒性的魚蝦蛤蠣，被何醫師視爲至毒的抗生素，都是生命中不可承受之毒，但活在現世的我們似乎難以避免，至於撲飛的粉蛾、爬行的壁虎、結網的蜘蛛，都是毒質的來源，因此我感到自己鎮日與毒爲伍，「毒」如藤蔓，緊纏我的生命，乃至於全人類的生命。縱使我傾圮了，它仍化作毒水滲入地底，毒氣逸入天風，繼續危害其他生命。

不知「解毒瀉心湯」之類的散劑能否化去我身之毒。

何醫生對我的忠告有許多，例如不可生氣，否則易生肝火，容易轉化體內毒質，但亦不可不生氣，積鬱亦會成毒；又如勿飲生冷冰食，以保腸胃不遇寒毒；又勸我多戴口罩，以免氣毒隨呼吸進入體內……，總之，血有血毒，心有心毒，一切必須小心爲是。

我每兩週給何醫師診治一次，觀察我中毒、排毒的情形。何醫師的診所牆上有一幅字，圓潤的筆鋒寫的是「弘揚岐黃之術」，原來我國對於毒的認識與運用早有漫長的歷史，據說在《周禮》裡面就有說到爲天官的醫師之職是「聚毒藥以供藥事」，此人在宮庭中，乃專司以毒攻毒的職責，我猜想他必有一方小小藥圃，種滿各種從山野中採集回來的珍奇毒草，只不知是否有一塊「閒人勿近」之類的警示牌。當然，在每一個權力架構底下，毒都是不可以少的，明的來說，君主可以賞賜忤逆或是犯罪的臣子以毒酒，讓死亡變得瀟灑與從容；暗的來說，多少嬪妃王子間的鬥爭，都需建立在毒字之上。因此我一直覺得「毒」字所造甚妙，上面三橫一直，像是一棵怪異的蕈，而下面的「毋」乃是警告一般小民，絕不可輕易食用之意。此外，上面亦可視爲是一「主」字，凡毒之物，皆上主所用，或是用後便爲主上，而下面的「毋」字則像極了我們當今在廣告海報上反菸反毒的標誌，把所有毒物放在那圓圈中，然後畫上一撇以示反對與禁止，唉！權力其實不就是運用那些被反對與禁止的事物或手段以達目標的過程嗎？「毒」這個字，造得眞是深具意涵。

不過顯然何醫師要去弘揚的，應該不是這種權力的陰暗面。他總相信毒物自成一互相生剋的循環世界，因此只要能把握其中原理，不僅萬毒不侵，更可以解決許多生理的病痛，人間的疑難。我嘗試了「荊防敗毒散」、「竹葉黃耆湯」「化肝消毒湯」、「內固淸心散」……等幾種湯藥散劑，外加每日薰香靜坐，不事煩勞，何醫師認為我體內之毒勢已稍微抑遏，應可日漸排出體外。但我不知毒質去淨的我還是不是原來的我。

小的時候春節前後，總有人送來薄薄的農民曆，最讓我關心的不是一年中某日某時的吉凶，亦非肖某的今年運勢如何，而是在底頁一張印製粗糙的食物相剋圖表，橫豎一頁約有三四十種日常食物相剋的發生關係，如柿子加毛蟹、河豚配黃酒等，都會引發中毒，此圖表亦附上其解藥，如地漿水、雞矢白或是綠豆。而我家每年在最毒的一日——端午那天，除了燒艾草灑雄黃，還要喝綠豆湯，大約是取其能淸火解熱毒，與古代的五辛盤或有類似之功效，可保一年不疔不瘡，百蟲避走，安適而舒泰。這些奇妙的食物相沖或是相剋，直是昭告了一危險世界的存在，這世界隱形在眞實平凡的世界底下，蠢蠢欲動，隨時要撲上來吞噬我們的健康。而那張印刷模糊，畫得似是而非的圖表，彷彿是這個黑暗世界的一張尋寶圖或護身符，我可以藉由它闖入這個危險的小宇宙，驅喚其中的精靈與力量，這令我感到無比的危險與快樂。

然眞正能驅使毒物爲其服務的人大約只見於武俠小說中，這類門派大多陰險狡獪，行事不正，屬於旁門左道的人物，而且多位於中土以外的邊陲地區，比如四川唐門、西南蠱教，又如金庸先生寫的五毒教、西毒或星宿老怪等人，都令人印象深刻，古時印度，不也叫作「身毒」嗎?這眞是比鬼方、匈奴、突厥更可怖的名稱了。但這些故事兒時看得神魂顚倒，長大後卻不禁懷疑小說中這些用毒與破毒的描繪，是否反應了漢族文化對於其他少數民族的不解與猜忌，一切未知的習俗儀式飲食等，都被冠以用毒之聯想，或是小說家純然利用讀者懼「毒」的心態，將之化約爲簡單的正邪之爭，解毒的完成，亦代表了光明戰勝黑暗。這類小說的結局大多都是正義之士在過招間，忽感口鼻一陣香甜，登時頭中一暈，但立刻清醒過來，連忙運起某某神功，將毒反激回去，然後用毒者自作自受，滾地哀嚎，在正義的大纛底下，大概沒有人會同情這些一身劇毒的邪教人士了。文化的拓展，是不是就建立在一次又一次的消毒之上，固有的、民間的、地方性的……都近於毒之一類，慢慢地要被正統給消磨掉。只嘆歷史中我們很難親耳聽見，那些試圖以自我文化抗拒優勢文化侵略的人物，中毒之後的滾地哀嚎……。

爲了多了解自己中毒的狀況，我向何醫師借了許多書籍研讀，所有的典籍都記載，在中西的文明裡，毒與藥皆為同源。

最具代表性的是嗎啡，在古埃及《阿貝爾思藥書》，以及希臘醫聖希波克拉底斯、羅馬醫生嘉雷諾斯等人的記載中，他們皆用鴉片作為藥劑來治嬰孩的啼哭與頭痛。「嗎啡」之名正是來自希臘神話中的「馬爾菲斯」，一位掌管夢想與幻境的天神。然而近代醫學則證明了，嗎啡乃具典型毒素「生物鹼」，量多足以致死。我們用藥亦等於用毒，而那些用毒的人是否亦等於用藥呢？嗎啡在止痛的過程中讓人飄飄欲仙，有人耽於這種感覺便濫用之而不可自拔，是為「毒癮」，然而更多的時候，更多的東西都使人飄飄欲仙，一個豪華的排場、一句恰當的奉承、一場做假的勝利，一個名位、一種權力……都使人因此而耽溺，這種癮，真不知如何勸戒，因為它們往往治癒了許多隱微的病痛：貧困的童年、失望的人生、受挫的經驗、被輕視的感覺……，那些深深影響我們感情與意志的新舊傷口，都需要這種心藥來醫治，這種心毒來麻痺。而嗎啡最妙的地方在於它之所以有效，乃是我們的大腦在某些狀況下，自會分泌這種類似的蛋白質來安撫、鎮定我們的神經系統，歸根究底，那些毒素與毒素所造成的諸般感覺，都源自我們的肉身，而心藥與心毒的產生與作用，是不是也源自我們的本心呢？

長期服食諸多藥劑之後，我猜我體內之毒或已排盡，肉體無論內外，都應處於一種純淨的狀態，像一棵有機蔬菜，或是非基因改造食品那樣令人安心。何醫師替我把脈，也認為大約恢復至安全的範圍，但他仍勸我繼續另一帖藥，說是改善體質、增強免疫力、活化細胞、促進代謝……總之，能拔殘毒，並能禦毒於未然。在等待領藥之時，旁邊兩位病人正在交換病痛的經驗，一位說自己皮膚粗糙暗沉，容易斑點，是以前劣質化妝品的毒素殘留所致。另一位則說工作關係，經常日夜顛倒，加上三餐不定時，因此影響生理，總覺自己經血不盡及宿便聚積，血毒便毒，讓她全身倦怠，手冷腳冰，時常生病……。這時叫到我的號碼了，領到一包沉甸甸的藥粉，透露淡淡的草木清香，我深深吸了一口氣，好像先吸取了一些其中的菁華似的。觀望這些等待治病拔毒的衆人，我覺得大多數是倦容多於病容，而擔心大於痛苦，因此我突然領悟，我們這些中毒之人，也許並不是眞的中了什麼奇毒，而是對一個奔忙喧囂，而且處處充滿難解資訊的新時代感到懷疑與不安，漸漸失去了能夠活下去的信心與勇氣。故我們相信那些純粹天然草根樹皮所研磨的粉屑能治療體內之毒，其實我們所嚮往的，也許只是原始、自然而單純的生活空間，較緩慢的步調與一些寧靜的片刻而已。

何醫師最後開給我的藥粉我一直沒喫，中毒跡象時有時無，依然冬天感冒夏天過敏。藥粉的清香漸漸淡去，最後竟長出了霉斑，這讓我想起了《白蛇傳》中白娘娘散布毒水，再用許仙發霉的藥材來治癒中毒之人急性腹痛之情節，愛情就是一種毒素，讓人發暈；但也是一種靈藥，可治百病，這也許正是《白蛇傳》全本菁華之所在。

有形之毒積聚臟腑血氣，所害止於皮囊；而無形之毒所侵擾的卻是心靈，擴而大之整個社會都會受其影響，即如《涅槃經》裡所記載的擔心：「但我住處有一毒龍。其性暴急，恐相危害」。那些憂鬱、憤怒、焦躁是內在宇宙的失衡，而嫉妒、貪婪、仇恨則是對外在世界的執妄，都是豢養在意念中的毒龍。許多時候我沐浴在微溫的夕陽中，晴空碧痕，青山無憂，我感到世界是如此的祥和與自適；但亦有些時候，我驚覺自我在熙攘的塵世中碌碌無成，因而有無比的沮喪，許多雜念湧上心間，彷彿毒龍之吟嘯。可惜何醫師並未診出我這病根而加以安撫、剋制，隨著年歲增長，所掛念之事如百草滋繁，正是醫書中所說的「七情勞慾，毒火上升，憂思恚怒，氣鬱血逆」。此毒之深，讓我經常以暴怒面對世事，或對於安逸與奢靡充滿欲念，並總是因爲小事狂喜或深憂，漸漸失去了生命的清澈，無法聆聽、洞見與敏感。

　　但我並不打算服食「歸脾湯」、「逍遙散」等袪毒良藥，閒下來的時候我喜歡讀詩，用那些清涼、蕭散或寂然的詩句來化解心中之毒。世間微塵，歲華荏苒，有時我讀到「不貪夜識金銀氣，遠害朝看麋鹿遊」有知心的欣悅；有時我讀到「城中十萬戶，此地兩三家」而環顧四周，便有怡然的滿足。眾生勞苦競走，像神農一樣遍嘗人間各毒，我猜那其實是生活殷憂的隱喻，在現代更是如此。我到目前爲止四方奔忙仍然一事無成，但我已不再如此憂戚，所謂「飄飄何所似，天地一沙鷗」，靜夜掩卷，我對自己說，也許解毒的答案就在其中。

——本文獲二〇〇二年《聯合報》文學獎散文首獎

【後記】

書窗閑劄

我喜歡王安石的一首五律〈半山春晚即事〉：

春風取花去，酬我以清陰。
翳翳陂路靜，交交園屋深。
床敷每小息，杖屨亦幽尋。
惟有北山鳥，經過遺好音。

這首詩讓我心動，也許是詩中所描寫的外在環境與我所居有些類似：門外有道小小的山坡足可尋幽，大門前有鄰牆伸過來的樹木，春華秋葉，總是美好；然更多的是心情上的雷同，在某些小小的寂寞或是不如意之時刻，我總想起花落清陰的安慰與遺我好音的慈善，讓我備覺生命是件值得回憶與期待的事。

因爲這些回憶與期待，我總是希望能記下了漸被生活磨損的自己，以文字塡補缺漏的生命。書中每一篇章，都來自生活裡一些小小的觸動，寫作這件事對我來說，大多數的時候只想留住某些情境裡難以言喻的瞬間，有時我成功地接近了要表達的意念，有時則落入不知所云的窘境，文字和心情一樣都難得準確，侃侃而談的時候多，深契於心的時候少，我想這也許是李白要經常「拔劍四顧心茫然」的原因之一了。

我大學時上課讀到「味無味處求吾樂」的句子，很驚嘆古人文學表達能力如此高妙，雖然這句詩頗近纖刻。人生總有許許多多的無味，但若以玩賞的角度來品嘗世事裡造成「無味」的那些荒唐、滑稽、無所謂與假一本正經，那倒是可以看見許多寫文章的好材料。可惜自己常身處其中而不自覺，或是受感情所累而不能洞悉要妙，眞是可嘆。所以好作家必要能分裂出一個可以自我解嘲的他者，洞見觀瞻，如此才有好作品，不過這又似乎太辛苦了一些。

其實好的文章，除了詞精字確，典雅深曲，又應縝於布局的大開大闔、伏擊呼應；最要者，是能以眞心、睿智解釋乃至於包容人生的不圓滿，並提出放諸四海皆準的眞理。可惜今日國文水準江河日下，媒體對於文字的需求量又特別大，在缺少苦心經營的環境下，連許多大作家句子都寫得似通非通，要讀到好文章誠屬不易。以此審視自己的作品，深覺將自己那些粗淺的想法以一本「書」的形式呈現出來，除了微微竊喜，更多的是滿懷慚愧。花了幾年的工夫讀文學、研究文學而至於從事文學教育，但文學的眞諦是什麼?我想我還是難以洞徹其中奧秘；至於藝術技巧云云，則我更是捉襟見肘的狼狽。因此與其說這本薄薄的集子是文學創作，還不如說這只是一個人活在感動與牢騷中的草草記憶。

就像王安石詩裡的花落清陰，寂靜或是喧囂的片刻對於人生來說，唉，都只是記憶！

聯合文叢 280

第九味

作　　者／徐國能
發 行 人／張寶琴

總 編 輯／許悔之
叢書副總編輯／杜晴惠
執 行 編 輯／郭慧玲．蔡佩錦
視 覺 總 監／周玉卿
美 術 編 輯／鄭子瑀
責 任 編 輯／劉韻韶
校　　　對／徐國能　魚　蘭　劉韻韶

業務部總經理／朱玉昌
業務部副總經理／李文吉
印 務 主 任／王傳奇

法 律 顧 問／理律法律事務所
陳長文律師、蔣大中律師

出 版 者／聯合文學出版社有限公司
地　　址／台北市基隆路一段180號10樓
電　　話／(02)27666759・27634300轉5107
傳　　真／(02)27491208（編輯部）、27567914（業務部）
郵 撥 帳 號／17623526 聯合文學出版社有限公司
登 記 證／行政院新聞局局版臺業字第6109號
網　　址／http://unitas.udngroup.com.tw
E-mail:unitas@udngroup.com

印 刷 廠／世和印製企業有限公司
總 經 銷／聯經出版事業公司
地　　址／台北縣汐止市大同路一段367號三樓
電　　話／(02)26422629

出 版 日 期／2003年10月　初版
2006年5月10日　初版四刷
定　　價／200元

ISBN 957-522-447-7（平裝）　《本書如有缺頁、破損、裝幀錯誤、請寄回調換》

國家圖書館出版品預行編目資料

第九味／徐國能著.
初版. -- 臺北市 ：聯合文學. 2003〔民92〕
面 ；　公分. --（聯合文叢；280）

ISBN 957-522-447-7（平裝）

855　　　　　　　　　　　　　　92017201